Marc-Anton Braun

SVENS
EROTISCHE

ABENTEUER

novum ✒ pro

Dieses Buch ist auch als
e-book
erhältlich.

www.novumverlag.com

Bibliografische Information
der Deutschen Nationalbibliothek:

Die Deutsche Nationalbibliothek
verzeichnet diese Publikation in
der Deutschen Nationalbibliografie.
Detaillierte bibliografische Daten
sind im Internet über
http://www.d-nb.de abrufbar.

Gedruckt in der Europäischen Union
auf umweltfreundlichem, chlor- und
säurefrei gebleichtem Papier.

© 2023 novum Verlag

ISBN 978-3-99131-845-3
Lektorat: Susanne Schilp
Umschlag- und Innenabbildungen: Gerry
Umschlaggestaltung: Hoch Zwei GmbH,
www.werbung-text-design.de
Layout & Satz: novum Verlag

www.novumverlag.com

Climate neutral
Print product
ClimatePartner.com/16547-2201-1002

INHALT

VORWORT

Liebe Leser und Leserinnen,

in puncto Erotik sind wir alle sehr individuell. Meines Erachtens gibt es aber eines, was uns alle verbindet: erotische Phantasien. Neben den vielen sexuellen Varianten, die wir mit unserem Partner erleben und ausleben dürfen, gibt es aber auch immer die geheimen Wünsche in uns selbst. Es gibt bestimmt auch bei Ihnen das ein oder andere, was Sie gerne einmal probieren würden. Wobei Sie jedoch nicht wissen, wie Ihr Partner oder Ihre Partnerin reagieren würde, wenn Sie diese Wünsche äußerten.

Meiner Meinung nach sollte man in einer Beziehung auch bei sexuellen Dingen kein Blatt vor den Mund nehmen und dem anderen mitteilen, was man für erotische Phantasien hat. Sicherlich kann es für das Gegenüber befremdlich wirken oder erschreckend sein. Doch wenn man sich liebt und dieser Person blind vertraut, sollte dies kein Hinderungsgrund sein.

All die folgenden Geschichten sind von mir frei erfunden und entspringen meiner persönlichen Phantasie. Ich möchte Sie dazu ermuntern, sich Ihrem Partner oder Ihrer Partnerin zu öffnen. Mit den Abenteuern von Sven gibt es bestimmt den ein oder anderen interessanten Ansatz für Ihren nächsten erotischen Abend.

Und nun wünsche ich viel Spaß beim Lesen und Ausprobieren!

VORGESCHICHTE

VORWORT

Sven ist ein schlanker, sportlicher Typ und etwa 1,80 m groß. Er hat grüne Augen und dunkelbraune Haare und ist mittlerweile Mitte dreißig. Er lebt alleine in einer 3-Zimmer-Wohnung. Eine Freundin hat er nicht. Hatte er eigentlich noch nie, außer die vierwöchigen Beziehungen zählt man als solche. Das bedauert er zutiefst. Aber mit Frauen ist das so eine Sache. Sven ist eher schüchtern und relativ unsicher, was Frauen angeht. Durch seinen Beruf, er ist Grafiker, hat er allerdings auch nicht viel Freizeit. Gefühlt arbeitet er rund um die Uhr. Dadurch ist es natürlich auch schwer, jemanden kennenzulernen. Sven ist nicht der Typ dafür, abends in einer Bar abzuhängen und Frauen anzusprechen. Auch über Onlinedating hat er schon mal nachgedacht. Aber das scheint ihm derzeit nicht der richtige Weg zu sein. Vor kurzem hat er einen Bericht gelesen, bei dem es darum ging, wie man eine Frau richtig anspricht. Wie schon erwähnt, Sven ist schüchtern. Beruflich jedoch ist er mit vielen Frauen in Kontakt. Die meisten Frauen sind zwar nur die Sekretärinnen der Auftraggeber, aber es kommt auch vor, dass er Kundinnen hat. Mit all diesen Frauen kann er sogar ganz ungezwungen über alles, auch Privates, reden. Denn es fühlt sich so an, als ginge es dabei um nichts. Und genau so sollte es auch sein, wenn er eine Frau kennenlernte. Mal schauen.

Oft liegt er zu Hause auf seinem Sofa und träumt von seiner Traumfrau, Familie und Kindern. Dazu müsste er aber selbstsicherer werden. Er sollte sich mehr zutrauen und sein Ego könnte auch deutlich besser sein. Aber wie kann er sein Verhältnis zu Frauen ändern? Wie löst man seine Blockaden und packt sein männliches Ego aus? Warum ist er nicht so wie seine besten Freunde? Darüber denkt er oft nach. Und dann denkt er sich jedes Mal, dass es zwar in diesem einen Punkt gut wäre, wie die anderen zu sein. Doch mit dem Rest, den die so machen, möchte er eigentlich wenig zu tun haben. Damit kann er sich beim besten Willen nicht identifizieren. Also bleibt nur eines. Selbst ist der Mann. Schöne Worte. Jetzt müssten nur noch Taten folgen. Allerdings scheitert es derzeit daran. Denn in Gedanken ist das leicht, aber in der Wirklichkeit … Oh Mann. Das gibt es doch gar nicht. Manchmal schläft er mit diesen Gedanken ein.

An einem normalen Samstag wie heute kommt ihm plötzlich eine Idee. Er kennt doch eigentlich schon viele Frauen. Die ein oder andere hat auch schon ganz offen und frech mit ihm geflirtet. Warum versucht er denn nicht, mit diesen Frauen ein Date zu haben und so selbstsicherer und offener zu werden? Coole Idee.

Doch halt. Was ist, wenn es plötzlich intim werden sollte? Natürlich findet Sven Geschlechtsverkehr super. Er hat auch schon lange nicht mehr mit einer Frau geschlafen. Doch so? Sven kommt ins Grübeln. Er ist dem Sex nicht abgeneigt. Aber wie soll er denn nun vorgehen? Es kategorisch ausschließen? Es direkt auf Geschlechtsverkehr anlegen? Einfach abwarten, was passiert? Hm. Nach dem Wochenende ist der Entschluss gefasst. Er wird mit einigen dieser Frauen Kontakt aufnehmen. Für die Treffen wird er dann versuchen, eine schöne, entspannte Atmosphäre zu schaffen und dann wird er es sicherlich auch das ein oder andere Mal direkt darauf anlegen, die Frau herumzukriegen. Wow! Das klingt alles schon sehr aufregend. Mit vielen Ideen im Kopf genießt er das restliche Wochenende. Am Montag will er dann beginnen, sein Vorhaben in die Tat umzusetzen.

ANNABELL

Am nächsten Montag sitzt Sven in der Arbeit vor seinem Computer und wälzt Kontaktdaten. Dabei überlegt er, wie die betreffenden Frauen ausgesehen haben. Auch fällt ihm bei der ein oder anderen ein, dass die mal mit ihm geflirtet haben. Hm. Annabell ist die Erste, die ihm ins Auge fällt. Das ist doch die nette, süße Blondine, die bei dem Termin immer mit einer Haarlocke gespielt hat. Nach und  nach kommen ihm viele Details wieder in den Sinn. Gut, dass er als Grafiker so ein tolles Gedächtnis für Kleinigkeiten hat. Sie trug keinen Ring. Also kann Sven wohl davon ausgehen, dass sie nicht verheiratet ist. Leider weiß er nicht, ob sie in einer Beziehung steckt, das ist ihm aber auch gar nicht so wichtig. Sein Entschluss steht fest. Er schnappt sich sein Telefon und ruft bei Annabell an. Unter dem Vorwand, nochmals ein paar der Skizzen durchgehen zu wollen, einigen sie sich auf einen Termin in einer Woche. Da es aber nur zu einem Treffen ab 18 Uhr klappt, hat Sven Annabell kurzerhand zu sich nach Hause eingeladen. Schließlich wäre es dort entspannter, um über die Skizzen zu reden als im Büro. Annabell ist damit einverstanden gewesen und so muss er nun nur noch warten.

Oh Mann. Eine ganze Woche. Da wirst du schier wahnsinnig im Kopf. Sven ist völlig nervös. Was mach ich nur mit Annabell? Wie komme ich in das Gespräch hinein? Was ziehe ich an? Wie richte ich meine Wohnung her? Fragen über Fragen. Doch all das muss bedacht werden. Und dann spukt noch die Frage mit dem Sex durch seinen Kopf. Was ist, wenn sie tatsächlich auch Sex mit mir haben will? Das ist alles grausam. So lange

Vorlaufzeit ist echt schrecklich. Die Tage ziehen sich. Je näher der Montag rückt, desto länger dauern die Tage scheinbar. Egal. Am Sonntag packt Sven an. Er räumt seine Bude auf. Wischt alle Räume durch und dekoriert Schlafzimmer, Bad und Wohnzimmer so um, dass er es romantisch und wohlbehaglich findet. Im Bad stellt er vier Kerzen an den Badewannenrand und legt zwei Handtücher bereit. Im Schlafzimmer stellt er auch Kerzen bereit und zwar auf das Nachtkästchen. Im Wohnzimmer muss er mehr machen. Er holt seine Kerzendekoration heraus. Das sind verschieden große Kerzenständer. Diese stellt er auf den Tisch. Aus dem Garten holt er sich ein paar Rosen und gibt sie in eine Schale mit Wasser. Diese stellt er ebenfalls auf den Tisch. Danach kommt das Sofa dran. Dort werden alle Kissen sauber hergerichtet und zwei warme Decken bereitgelegt. Er stapelt Brennholz in den Ofen und macht diesen startklar. So. Fertig. Und jetzt? Bis zu der Verabredung sind es noch 24 Stunden. Oh nein. Eine Ewigkeit.

Mit der Zeit macht sich Sven total verrückt. Er versucht, das ganze Date durchzuplanen. Totaler Schwachsinn. So funktioniert das nicht. Das ist ihm auch klar, doch sein Kopf plant immer weiter. Also lässt er ihn arbeiten. In der Nacht schläft er nicht so gut. Immer wieder wacht er auf und denkt an diese Verabredung. Die Zeit vergeht immer langsamer. Am schlimmsten ist die Stunde von 17 bis 18 Uhr. Hier scheint die Zeit stillzustehen. Endlich. Es klingelt an der Türe. Sven öffnet und da steht Annabell in ihrer vollen Pracht. Das blonde Haar fliegt durch die Luft, als sie zur Wohnungstüre hereinkommt. Es gibt ein Begrüßungsküsschen. Dann entledigt sie sich ihrer weißen Turnschuhe. Sven hilft ihr aus der weißen Jeansjacke und hängt diese an die Garderobe. Jetzt trägt Annabell noch einen beigen Pullover und eine grünliche Hose. Sven hat sich auch in Schale geworfen. Er trägt ein weißes Hemd und eine elegante schwarze Hose. Er bietet ihr etwas zum Trinken an, dann setzen sie sich auf das Sofa. Sven ist immer noch ganz nervös. Wie kommt er jetzt in das Gespräch hinein? Soll er einfach nur über die Arbeit reden? Ihr sagen, dass alles nur ein Vorwand war? Er sitzt Annabell gegenüber und schaut sie an. Hübsch sieht sie aus. Er teilt ihr mit, dass er unsicher und nervös ist. Annabell lächelt ihn an. Dann beginnt sie das Gespräch. Sie reden über das Wetter. Es ist ziemlich kühl für einen Augusttag. Sie fragt ihn, was er denn mit ihr besprechen wollte. So erzählt Sven, dass alles nur ein Vorwand war, um sich mit ihr zu treffen. Sie tut überrascht und meint dann, dass sie so etwas schon geahnt hatte. Aber sie ist doch neugierig, wie sich das Treffen heute noch entwickeln wird. Langsam bricht das Eis in Sven. Er fragt nun offen nach den Hobbys von Annabell. Sie liest gerne, macht Sport und fährt gerne Rad. Am liebsten ziellos einfach so durch die Gegend. Dafür braucht man Zeit. Dann wird Sven nach seinem Hobby gefragt. Er hört gerne Musik und liest gerne Bücher. Er fragt nach, ob Annabell tanzen kann. Sie meint nur, das Übliche, damit es fürs Ausgehen reicht. Sven legt Musik auf und sie tanzen einfach drauflos. Da Annabell aber keine Ahnung von den Schritten hat, tanzen sie eher Freestyle. Die Zeit vergeht und schwupps ist schon über eine Stunde um. Sven findet Annabell sympathisch. Sie setzen sich wieder auf das Sofa. Sven bemerkt den dunkelweißen Nagellack auf ihren Zehen. Und auf dem großen Zeh sind noch drei Glitzersteine. Und das passt genau zu jenen auf den Ringfingern. Nur die kleinen Zehen haben keinen Nagellack, weil sie auch keinen Nagel haben. „Schöne Füße hast du." „Dankeschön." Etwas unsicher fragt er: „Und wie machen wir zwei jetzt weiter?" „Was möchtest du denn gerne machen?" „Ich habe das Gefühl, dass es zwischen uns irgendwie passt und würde gerne Intim werden." „Und was schwebt dir da so vor?" Das ging ja leicht. Warum hat er nicht schon eher den Mut aufgebracht und einfach gefragt? Oh, wie kann das sein? Also los. Trau dich mal. Sie wird dir schon sagen, wenn sie etwas nicht möchte. Sven fährt fort.

„Ich liebe schöne Füße und dass diese meinen Penis oder Po stimulieren. Und du hast schöne Füße." „Dankeschön." „Außerdem steh ich auch auf Oralverkehr. Das sind die zwei Dinge, die ich am liebsten habe." Annabell rutscht auf dem Sofa ein Stück weg und legt ihre Füße wie in Zeitlupe vor Sven ab. „Wie hättest du es denn gerne? Was soll ich mit meinen Füßen tun?", haucht sie. Sven schaut Annabell an. „Ich würde vorschlagen, wir gehen

in die Badewanne. Dort ist es schöner als einfach so auf dem Sofa."
„Ja, können wir gerne machen." Sven nimmt noch ein Feuerzeug mit und zündet die Kerzen im Badezimmer an. Dann lässt er Annabell einen Badezusatz aussuchen. Sie entscheidet sich für ein violettes Fläschchen. Das Wasser läuft ein und beide beginnen, sich auszuziehen. Annabell zelebriert das Ausziehen, doch Sven ist mit seinen Sachen beschäftigt und bekommt das nur so aus dem Augenwinkel mit. Sie wartet, nachdem sie ihre Hose ausgezogen hat und er bemerkt, dass sie einen grünen Büstenhalter mit Spitze und das passende Höschen dazu trägt. „Sieht gut aus. Passt zu dir." „Danke." Annabell greift langsam mit ihren Händen hinter ihren Rücken und öffnet den BH-Verschluss. Sie nimmt ihre Hände nach vorne und lässt den BH sanft von ihren Brüsten gleiten. Dann lässt sie ihn neben sich auf den Boden fallen. Mit zwei Fingern greift sie rechts und links ihr Höschen und zieht dieses Schritt für Schritt über den toll geformten Po. Dann lässt sie los und das Höschen fällt wie ein nasser Sack auf den Boden. Sven beobachtet das mit offenem Mund. „So, jetzt lass uns in die Wanne steigen", haucht ihm Annabell ins Ohr.

Sich gegenübersitzend, beginnt Sven mit seinen Fingerkuppen über Annabells Beine zu gleiten. Dabei berühren die Fingerkuppen kaum Annabells Haut, was bei ihr ein prickelndes Gefühl erzeugt. Während sie das genießt, legt sie ihrerseits ihre Hände auf Svens Beine und tut es ihm gleich. Sven nimmt zärtlich ein Bein von ihr und führt ihre Zehen zu seinen Lippen. Dann beginnt er, zunächst diese zu küssen. Langsam umschließt er genussvoll zwei Zehen mit seinen Lippen und saugt an ihnen. Annabell scheint dies zu gefallen, da sie entspannt ihre Augen schließt. Davon motiviert, lässt Sven nun seine Zunge über ihre Zehen gleiten. Eine nach der anderen kommt an die Reihe. Annabell ergreift nun ihrerseits die Initiative und bewegt den anderen Fuß in Richtung Svens Penis. Dort angekommen, bewegt sie ihren Fuß sanft auf und ab. Mit ihren Zehen versucht sie Gleiches. So gewinnt sein Penis langsam an Größe und Svens Erregungsgrad wächst. „Das ist super", flüstert Sven. „Mach bitte weiter so."

Das lässt sich Annabell natürlich nicht zweimal sagen. Sie stimuliert seinen Penis weiter mit ihren Zehen. „Oh …", stöhnt Sven. Kurz darauf rutscht er näher zu ihr hinüber. Dadurch muss sie aber mit ihrem Fuß von seinem Penis ablassen. Das macht aber nichts. Sven spitzt seine Lippen und bewegt diese auf Annabells zu. Sie kommt ihm ein Stück entgegen, bis sich die Lippen zärtlich berühren. Sven küsst sie. Zeitweise berühren sich ihre Lippen kaum, was die Stimmung noch mehr anheizt. Sven beginnt Annabell sanft über den Rücken zu streicheln. Währenddessen bahnt sich ihre Hand den Weg in Richtung seines besten Stücks. Sanft umschließt sie den Penis und beginnt mit langsamen, stimulierenden Bewegungen. Und sie küssen sich immer weiter.

Nach einer Weile fragt er: „Würdest du ihn mit dem Mund verwöhnen?" „Ja klar", haucht Annabell zurück. „Aber bitte komm nicht in meinem Mund." „Mach ich nicht." Sven steht langsam auf. Annabell hält immer noch seinen Penis in der Hand. Sie stimuliert ihn weiter und beginnt, ihn nun sanft mit ihren Lippen zu umschließen. Immer tiefer nimmt sie ihn in den Mund. Ganz zärtlich und behutsam bläst sie ihm einen. Sven genießt das richtig. Doch leider beginnt er etwas zu verkrampfen. So kann er nicht zu einem Höhepunkt kommen. Deshalb schlägt er vor, wieder in das wohltemperierte Wohnzimmer zurückzukehren.

Annabell holt ein Kondom aus ihrer Handtasche und rollt es zärtlich über seinen Penis. Dann kniet sie sich vor ihm auf das Sofa und Sven dringt langsam von hinten in sie ein. Unter seinen rhythmischen Bewegungen beginnt sie lustvoll zu stöhnen. Unweigerlich bewegt sie sich auf ihren Höhepunkt zu. „Können wir die Stellung wechseln? Kann ich mich hinlegen und du setzt dich auf mich?" „Oh ja. Machen wir." Schon geht es weiter. Jetzt hat Annabell die Zügel in der Hand und beginnt, zuerst mit langsamen und dann immer schnelleren Bewegungen, auf ihm zu reiten. Ihre im Rhythmus hüpfenden Brüste vor Augen, greift Sven danach. Liebevoll beginnt er, sie zu kneten und mit den Fingerkuppen über den Brustwarzenhof zu streicheln. Während seine rechte Hand dies weitermacht, begibt sich seine linke Hand auf den Weg zu ihrem Bein und fährt dieses hinunter bis zur Ferse. Dort verringert er seine Berührung so stark, dass seine Finger kaum mehr Hautkontakt haben. So streicht er über ihre Sohle bis hin zu den Zehen. Dort beginnt er mit diesen zu spielen. Alsdann macht sich nun auch die rechte Hand auf den Weg zu ihren Zehen. Annabell legt sich daraufhin mit ihrem Oberkörper auf ihn und beginnt, ihn von der Brust aufwärts bis zum Mund zu küssen. Ihre rhythmischen Beckenbewegungen verlangsamt sie. Sven reagiert darauf mit einer Intensivierung seiner Stoßbewegungen.

„So wird das wohl nichts werden", denkt er sich. Deswegen möchte er wieder die Stellung wechseln. Annabell ist voll lieb und geduldig und macht dies alles mit. Sie legt sich auf den Bauch und Sven dringt jetzt von hinten in sie ein. Relativ gleichmäßig stößt er zu. Annabell gerät dadurch weiter in Ekstase. Sie greift nach seinen Händen und drückt sie ganz fest, während sie lustvoll stöhnt. Sven ist so sehr mit seiner Position und dem mangelnden Platz beschäftigt, dass er kaum mitbekommt, wie Annabell ihren Höhepunkt hat.

Sven gibt auf. Irgendwie hat er keine Chance, selber zu einem Höhepunkt zu kommen. Er legt sich hinter Annabell und beginnt, sie zärtlich zu küssen. Fast unbemerkt sind drei Stunden vergangen und Annabell denkt darüber nach, wieder zu fahren. „Hättest du noch ein paar Minuten, um zu kuscheln?" „Ja, die hab ich." Sven legt sich auf den Rücken und Annabell obendrauf. Er streichelt ihr über den Rücken und sie ihm über den Kopf. Sie küssen sich. „Schön, dass du Zeit hattest." „Danke, dass du mich eingeladen hast." „Es war ein schöner Abend mit dir. Ich hab das genossen." „Danke Sven." Und schon ist das Kuscheln auch vorbei. Annabell zieht sich an und packt ihre Sachen ein. Zum Abschied gibt Sven ihr noch zwei Amicelli als Reiseproviant mit. Dann küssen sie sich noch einmal und verabschieden sich. „Vielleicht treffen wir uns ja nochmal", sagt Annabell. „Ich glaube schon", erwidert Sven. Und schwupps geht sie schon die Treppen hinunter zur Haustür.

Sven stellt fest, dass er einen wunderschönen Abend mit einer netten und hübschen Frau verbringen durfte. Dass er beim Sex nicht zum Orgasmus gekommen war, hing wohl damit zusammen, dass er viel zu verkrampft war. Dies will er beim nächsten Termin anders machen und einfach die schöne Zeit genießen. So eine Verabredung kann man nicht komplett durchplanen. Das ist die Erkenntnis des Tages, obwohl das eigentlich nichts Neues ist. Bei der nächsten Verabredung wird das auf jeden Fall berücksichtigt. Außerdem traut er sich jetzt zu, seine Wünsche eher zu äußern und nicht auf einen passenden Moment zu warten. Sven ist glücklich. Den ersten Schritt in Richtung Damenwelt und Selbstvertrauen hat er gemeistert. Ab jetzt kann es nur leichter werden.

BRIGITTE

Ein paar Tage später sitzt Sven wieder am Arbeitsplatz und überlegt, wen er als Nächstes zu einem Date einladen könnte. Nach längerem Grübeln fällt ihm Brigitte ein. Sie ist ihm als selbstbewusst in Erinnerung und es fällt ihm ein, dass sie ihm damals einen sanften Klapps auf den Po gegeben hatte. Somit könnte sie an einem Treffen auch Interesse haben. Kurzerhand greift er zum Telefon und ruft sie an. Und  siehe da, sie ist tatsächlich nicht abgeneigt und sie verabreden sich für den Donnerstag in einer Woche.

Bis zu der Verabredung sind ja noch ein paar Tage Zeit und Sven versucht, dieses Mal entspannter an das Ganze heranzugehen. Das Einzige, was er sich vornimmt, ist, dass er mit ihr Sex haben möchte. Die Tage vergehen und er schafft es wirklich, ruhiger zu bleiben. Das ist schon mal ein Erfolg. Am Donnerstagmittag bereitet er einen Schokoladenpudding für den Abend vor und nach der Arbeit hüpft er schnell unter die Dusche. Dann noch etwas Parfüm auflegen. Hose und Hemd anziehen. Fertig. Nun muss er nur noch eine Stunde warten. In dieser Zeit legt er sich etwas Musik auf und versucht zu relaxen.

Als es an der Tür klingelt, ist es endlich so weit. Brigitte kommt mit zusammengebundenen Haaren, einem pinken Kleid mit vielen Blumen auf Brusthöhe und Strümpfen. Damit sieht sie schon toll aus. Kaum ist sie zur Wohnungstüre hereingegangen, beginnt sie schon zu reden, übers Autofahren, Blitzer und was ihr sonst noch so Nerviges passiert ist. Sven kommt kaum zu Wort. Doch auch Brigitte muss mal Luft holen. Da bietet er ihr etwas zu trinken an. Er öffnet ein alkoholfreies Radler und gießt ihr und sich ein Glas ein. Das trinkt sie in den Sprechpausen weg wie nichts. Er schenkt nach. Dann reden sie über Urlaubsreisen. Sven darf hier endlich kräftig mitdiskutieren. Immer wieder überlegt er, wie er die Stimmung auflockern könnte, um es etwas ruhiger zu machen. Daher probiert er es damit, dass er ihr einen Pudding anbietet. Währenddessen redet Brigitte fleißig weiter. So vergeht die Zeit und Sven fühlt sich gestresst und außer Stande, an der Situation etwas zu ändern. Ihr dürft Sven nicht falsch verstehen. Er ist schon angetan von den Gesprächen, aber es ist einfach etwas zu viel. Weniger Worte beziehungsweise mehr Sprechpausen wären deutlich angenehmer. Plötzlich, nach eineinhalb Stunden, fragt Brigitte, was er sich denn für den restlichen Abends so vorgestellt hat.

Um aus dem für Sven gerade negativ belastetem Wohnzimmer herauszukommen, schlägt er vor, gemeinsam baden zu gehen. Brigitte ist einverstanden. Im Bad angekommen, hilft er ihr beim Reisverschlussöffnen und sie lässt das Kleid mit lasziven Bewegungen von ihrem Körper gleiten. Darunter kommt ein toller roter String zum Vorschein. Sven streicht über ihren Rücken und ist von der sehr weichen, samtigen Haut begeistert. „Boa, hast du eine zarte Haut. Das gefällt mir." Danach vollführt sie noch ein paar geile Bewegungen und auch der String ist ausgezogen. Im Badewasser ist natürlich wieder ein Badezusatz, den sich Brigitte aussuchen durfte. Langsam steigen beide hinein. Sie richtet sich gleich gemütlich ein. Lehnt sich zurück und beginnt, wieder etwas zu erzählen. Sven sitzt ihr gegenüber und streichelt ihr sanft über die Beine. Erst als er ihr Bein in Richtung seines Penis bewegt, wird es leiser bei Brigitte und sie beginnt diesen zu stimulieren. Zärtlich fährt sie mit ihren Zehen auf und ab. Nachdem der Penis steif geworden ist, nimmt sie noch den zweiten Fuß dazu. So ist der Fußsex noch intensiver. Sven gefällt das. Er beginnt nun seinerseits damit, Brigitte über ihren Venushügel zu streicheln. Langsam tastet er sich zu ihren Schamlippen vor. Mit den Fingern berührt er sie so sanft, wie er nur kann. Als er merkt, dass diese weicher werden, dringt er mit seinem Zeigefinger in sie ein. Nebenbei genießt er mit zeitweise geschlossenen Augen,

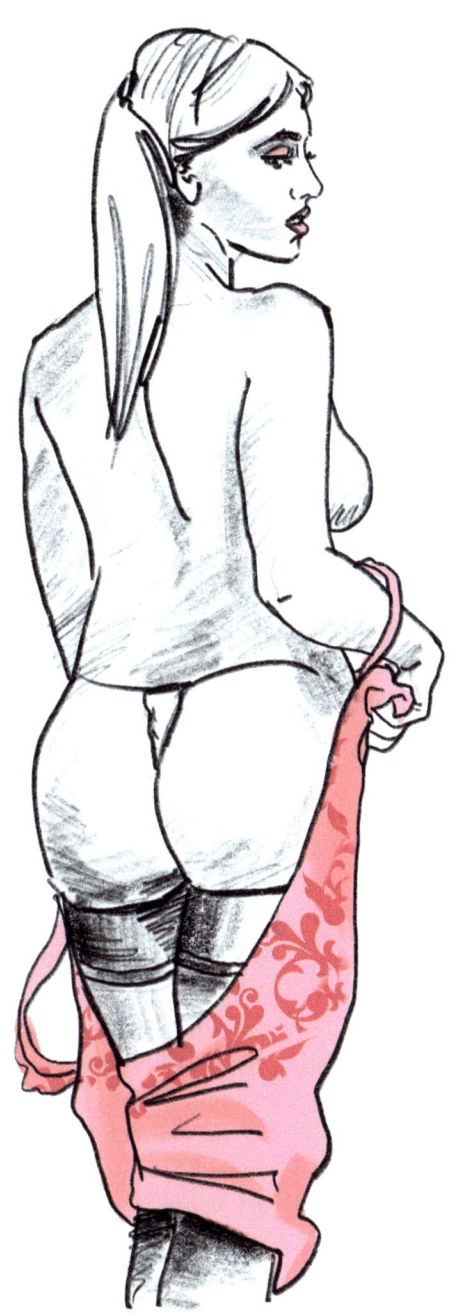

wie sein bestes Stück weiter von Brigittes Füßen verwöhnt wird. Leider ist Sven noch nicht in seiner Mitte angekommen, so dass er nicht zum Höhepunkt gelangen kann. Er legt ihre Beine um sich und rutscht ein Stück näher. Damit sie nicht wieder zu reden anfängt, beginnt er, sie zu küssen. Doch hierbei gewinnt er den Eindruck, dass sie dies jetzt gerade nicht gerne tut. Es dauert etwas, bis Brigitte etwas auftaut. Doch die Stimmung in seinem Intimbereich ist erst einmal flöten gegangen.

Wieder zurück im durch den Ofen beheizten Wohnzimmer, breitet Sven eine kuschelige Decke auf dem Sofa aus und Brigitte kniet sich in ihrer nackten Pracht darauf. Dann holt sie aus ihrer Handtasche ein paar Zauberutensilien heraus. „Leg dich hierhin, Sven und genieße, was nun passiert."

Sven ist schon gespannt, was sie denn für Überraschungen in ihrer Handtasche hat. „Oh, das klingt vielversprechend. Auf den Bauch oder auf den Rücken?" „Auf den Rücken bitte." Er tut, wie ihm geheißen wurde und legt sich auf den Rücken. Er schließt die Augen und ist freudig erregt. Brigitte nimmt ein Fläschchen Öl zur Hand, gibt etwas davon auf ihre Hand und verteilt es zärtlich auf Svens Penis und Genitalbereich. Danach beginnt sie ihn dort sanft zu küssen und mit der Zunge um seinen Hoden zu spielen. Sven gefällt das und er lässt weiterhin seine Augen geschlossen. Vorsichtig nimmt sie seinen steifen Penis in die Hand und massiert ihn. Fast unbemerkt rollt sie ein Kondom darüber und fängt an, ihm einen zu blasen. „Oh, ist das geil", kommt es von Sven. Davon motiviert, macht Brigitte weiter. Da sie mit dem Po in seine Richtung kniet, lässt Sven seine Hand darübergleiten. Mit seinen Fingern versucht er, sie zu stimulieren. Da aber Finger und Schamlippen sehr trocken sind, muss er dies sehr vorsichtig tun. Er bemerkt dabei, dass es ihr aber gefällt. Währenddessen ist Brigitte immer noch mit seinem Penis beschäftigt. Sie saugt und leckt an ihm und vollführt wahre Wunder. Als Brigitte selber erregt genug ist, kniet sie sich aufrecht hin und setzt sich auf Sven. Dann führt sie seinen Penis in ihre Vagina ein. Mit langsamen, rhythmischen Bewegungen beginnt sie, auf ihm zu reiten.

Nebenbei spielt sie mit ihrem Mund mit seinen Brustwarzen. Sven ist begeistert und beginnt, sich im gleichen Rhythmus wie sie zu bewegen. Von anfänglich langsamen Bewegungen steigern sich die beiden zu immer schnelleren. Brigitte kommt ihrem Höhepunkt näher, nur Sven ist noch nicht so weit. „Können wir die Stellung wechseln? Ich wäre jetzt gerne oben", flüstert er zärtlich in ihre Richtung. Kopfnickend verlangsamt Brigitte ihr Tempo und hört schließlich auf. Sie legt sich auf den Rücken. Ihren Kopf legt sie dabei auf eine zurechtgeknäulte Decke. Sie spreizt ihre Beine und lädt Sven damit ein, tief in sie einzudringen. Das lässt dieser sich natürlich nicht zweimal sagen. Er kniet sich zu Brigitte hin und drückt ihre Beine bei den Kniekehlen mit seinen Armen in ihre Richtung. Dann dringt er schön langsam in sie ein. Kaum hat er mit seinen stoßenden Bewegungen begonnen, beginnt sie schon lustvoll zu stöhnen. Dadurch erregt, bewegt sich Sven immer schneller. Brigitte stöhnt auch immer schneller dazu. Plötzlich ist das Stöhnen vorüber und sie entspannt sich wieder. Ihr Orgasmus war toll. Einzig Sven ist noch nicht bei seinem Höhepunkt angelangt.

Sven setzt sich auf dem Sofa zurück und lehnt sich an. Brigitte nimmt etwas Öl und beginnt, zunächst mit der Hand, seinen Penis zu stimulieren. Kurz darauf nimmt sie beide Füße und hält seinen Penis damit fest. Die Zehen massieren ihn. Die Füße bewegen sich auf und ab. Sven durchzuckt ein geiles Gefühl. Er merkt wie er sich seinem Höhepunkt nähert. Doch irgendwie schafft er es nicht, dort anzukommen. Das ist schier zum wahnsinnig werden. Doch Brigitte gibt nicht auf. Sie nimmt nun ihre Fingerkuppen zu Hilfe und berührt ganz sanft seine Eichel. „Oh ist das genial", stöhnt Sven. Sein Höhepunkt ist zum Greifen nahe. Sie holt noch einen kleinen Vibrator aus ihrer Tasche. Schaltet ihn an. Damit unterstützt sie die Stimulation der Eichel. Sven steht schon kurz vorm Platzen. Er würde nun gerne kommen, doch es klappt nicht. Das ist so, als wenn man vor einer offenen Türe steht und nicht weiß, wie man da hineinkommt. „Oh ich bin fast so weit", stöhnt Sven. „Hör nicht auf!" „Sicher nicht. Ich möchte sehen, wie du kommst", haucht Brigitte zurück. Doch es passiert nicht. Sven verpasst seinen Höhepunkt. Sichtlich erschöpft hören beide auf.

Leider muss sie sich wieder auf den Heimweg machen. Brigitte geht kurz ins Bad, um sich abzuduschen und anzuziehen. Sven folgt ihr und zieht sich ebenfalls an. „Es war aber auch ohne Höhepunkt für mich ein echt tolles Erlebnis. Du bist der totale Wahnsinn." „Danke, das freut mich." Dann verabschieden sie sich mit einem Kuss auf die Wangen.

Dieses Mal stellt Sven fest, dass er völlig entspannt an den Termin herangegangen ist. Er hatte lediglich einen Pudding zum Essen geplant. Leider hat er sich bei den Gesprächen nicht durchsetzen können, um diese in eine andere Richtung zu lenken. Dazu hat Brigitte einfach zu viel und zu emotional erzählt. Da wollte er nicht unhöflich sein. Allerdings hat er sich bei dem Gerede nicht wirklich wohl gefühlt und hätte eindeutig mal etwas sagen müssen. Hier hat er wohl noch Lernbedarf. Beim Sex fehlt ihm noch das letzte Quäntchen Entspannung, damit er auch zu einem Höhepunkt gelangen kann. Auch hier muss er wohl noch an sich arbeiten. Er kann aber feststellen, dass Brigitte eine gutaussehende, hübsche Frau ist und der Oral- und Fußsex einfach unbeschreiblich waren.

CHARLOTTE UND ANNABELL

Ein paar Tage später telefoniert Sven aus beruflichen Gründen mit Annabell. Bei dem Gespräch kommen sie unweigerlich auf ihre Verabredung zu sprechen. Dabei fragt Annabell, ob sie sich denn nochmals treffen wollen. Sven ist dem nicht abgeneigt. Als Annabell vorschlägt, dass sie noch ihre Freundin Charlotte mitbringen könnte, verstummt Sven. „Bist du noch da? Hat es dir die Sprache verschlagen?"

„Ah … ja. Das kann man so sagen. Schlägst du ein Dreier-Date vor?" „Richtig erkannt. Ich denke, dass dir das gefallen könnte. Und ich hätte da auch meine Freude daran." „Ich habe so etwas aber noch nie gemacht." „Macht doch nichts. Dann kannst du dich doch davon überraschen lassen." Sven erbittet sich eine Bedenkzeit. Am nächsten Tag meldet er sich wieder bei Annabell und stimmt dem Treffen zu. Sie verabreden sich für einen Freitag ab 19 Uhr. Sven ist schon gespannt auf dieses Treffen und er nimmt sich vor, den Abend einfach passieren zu lassen. Er will offener sein. Für alles. Da er sich sicher ist, dass es auch zum Sex kommen wird, will er versuchen, dort die Kontrolle abzugeben und entspannt zu sein.

Die Tage ziehen dahin, bis der Freitag gekommen ist. Sven hat es bis hierher geschafft und auch an diesem Freitag beginnt er nicht, irgendetwas zu planen. Zwar hat er gewisse Vorstellungen, was so passieren sollte, doch die hakt er getrost ab. Er duscht und stylt sich und macht sich mit seinem Parfüm bereit für die beiden Frauen. Pünktlich um 19 Uhr klingelt es an der Türe und Annabell kommt herein. Die beiden begrüßen sich herzlich. Sie schaut heute wieder toll aus und trägt ein schönes rotes Kleid mit einem weißen Gürtel. Ein paar Minuten später klingelt es erneut und nun kommt auch Charlotte hinzu. Sie macht einen sympathischen ersten Eindruck. Sie trägt ein kurzes schwarzes Kleid und dazu passende schwarze hochhackige Schuhe. Elegant. Zur Begrüßung umarmen sie sich kurz. Sie hat eine Flasche Weißwein mitgebracht. Wunderbar, denkt Sven. „Wenn du willst, können wir davon nachher ein Glas trinken", sagt Charlotte. „Gerne." Er führt sie ins Wohnzimmer, wo bereits Annabell wartet. Er bietet den beiden als Willkommenstrunk ein Gläschen Limoncello an und diese nehmen das dankend an. Sven holt drei Schnapsgläser aus dem Schrank und den Limoncello und schenkt ein. „Auf einen wunderschönen Abend", gibt er als Toast aus. Dann nehmen alle den Limoncello zu sich. „Der ist gut", meint Annabell und sieht sich den Aufkleber auf der Flasche an. „Wollen wir ein Glas Wein trinken?", meint Charlotte. „Den hab ich heute geschenkt bekommen und der ist vom Weingut von Brad Pitt und Angelina Jolie." Die anderen beiden sind schwer begeistert und stimmen dem Vorschlag zu. Sven holt drei Weingläser aus dem Schrank und verschwindet in der Küche, um die Flasche zu entkorken. Außerdem bringt er noch drei Gläser und eine Flasche Wasser mit. Er schenkt ein und es beginnt eine angeregte Unterhaltung. So wie es für Sven aussieht, kennen sich die beiden Mädels recht gut. Als jedoch Charlotte zur Toilette geht, fragt er bei Annabell nach. „Ja, wir kennen uns schon sehr lange." „Das hab ich mir fast gedacht. Ihr scheint gut zu harmonieren und euch zu verstehen." „Das stimmt." Im weiteren Verlauf der Unterhaltung kommen sie irgendwie auf Musik zu sprechen. Sven bietet an, mit einer tollen CD den Abend auf romantische und intime Momente überzuleiten. Charlotte und Annabell finden das ein schönes Angebot und ermuntern Sven, dies dann auch zu tun. Doch zuvor, zündet er die Kerzen auf dem Wohnzimmertisch an, schaltet verschiedene Dekolichter ein und das restliche Licht aus. Dann holt er seine CD heraus und lässt den ersten romantischen Titel spielen. Dafür erntet er freudigen Applaus. Sven ist begeistert. Der bisherige Abend ist schon so schön verlaufen, da kann der restliche nur noch besser werden.

„Was hast du dir denn so vorgestellt, was nun passieren soll?", wollen die beiden Damen wissen. „Nun. Das ist mein erstes Mal mit zwei Frauen. Ich denke, ich würde mich gerne überraschen lassen, was so passiert. Doch ich schlage vor, wir fangen mit einer Massage an und dann dürft ihr alles tun, was ihr wollt." „Das klingt doch gut." „Ja, tut es, Annabell. Doch zum Einölen werden wir uns erst einmal ausziehen müssen." Während Sven ein Massageöl holt und in ein Schüsselchen füllt, legen Annabell und Charlotte ihre Kleidung ab. Einzig die Büstenhalter und Unterhöschen behalten sie an. Sven entblättert sich vollständig. Er legt sich auf den Bauch, wie ihm geheißen wurde und die beiden Frauen beginnen, ihn einzuölen und zu massieren. Sven schließt die Augen und genießt das. Dieses Gefühl, von vier Händen gleichzeitig berührt, gestreichelt und massiert zu werden, ist einfach unglaublich. Das lässt sich nicht in Worte fassen. Ganz zärtlich wird das Öl überall auf seinem Körper verteilt. Irgendwann ist Sven so weit in seine Gefühle eingetaucht, dass er gar nicht mehr genau sagen kann, wer nun gerade seinen Rücken massiert und wer sich mit seinen Beinen beschäftigt. Das tut so gut und entspannt total. Irgendwann verspürt er auch zärtliche Küsse in seinem Nacken und an seinen Ohren. In dieser Entspannungsphase bekommt er nur so halb mit, wie sich Annabell und Charlotte über das Massageöl unterhalten. Dass es gut rieche und dass es so ergiebig sei. Und der größte Vorteil scheint zu sein, dass es nicht so klebrig ist. Doch dann ist Sven wieder im Spüren der Hände. Plötzlich wird er zärtlich herausgerissen: „Würdest du dich bitte umdrehen? Jetzt wäre die andere Seite dran." „Oh. Ja natürlich." Gesagt, getan.

Sven legt sich auf den Rücken, legt die Arme über den Kopf und schließt die Augen. Annabell und Charlotte gießen langsam das Massageöl über seinen Körper und beginnen, dieses sehr behutsam zu verteilen. Dabei gleiten ihre Hände über ihn, von Hals bis Zeh. Immer wieder streift eine Hand sanft über seinen Penis. So wird dieser langsam steif. Beide Damen beginnen, ihn mit jeweils einer Hand auf seiner Brust und die andere entweder an Penis oder Hoden vorsichtig in Erregung zu versetzen. Was

ihnen auch sichtlich gelingt. Weiter an Penis und Hoden stimuliert spürt Sven, wie sich ein paar Lippen über seine Eichel stül-
pen und nach und nach sein vollständiger Penis im Mund einer
der beiden verschwindet. Dadurch wächst seine Erregung weiter.
Charlotte beginnt nun, ihn oral zu verwöhnen. Annabell hingegen kniet neben Sven und beginnt, ihn zu küssen. Anfangs
nur seine Brust, doch dann auch seinen Mund. Hin- und her-
gerissen von diesen Eindrücken, weiß Sven gar nicht, worauf er
sich nun konzentrieren soll. Er entscheidet sich für das Küssen.
So treffen weiterhin die Lippen von beiden aufeinander und mit
viel Gefühl wird geküsst. Und weil es so schön ist, kommt auch
noch die Zunge zum Einsatz. Unterdessen ist Charlotte mit seinem Penis beschäftigt. Sven hält es nicht mehr aus. Er möchte
nun auch aktiv in das Geschehen eingreifen und beginnt, sich
von den Brüsten beider Frauen zu deren Genitalbereich hinun-
terzutasten. Beide müssen noch kurz BH und Höschen ablegen,
bevor Sven weitermachen kann. Beginnend über den Venushügel über die äußeren Schamlippen und vorsichtig weiter nach innen streichelt er sie sanft mit seinen Fingern. Charlotte ist schon
schön feucht und erregt. Deswegen versucht er, mit seinem Zeigefinger in sie einzudringen. Das versetzt sie weiter in Ekstase
und sie verstärkt ihrerseits ihre Aktivitäten an Svens Penis. Annabell ist noch nicht so weit und Sven versucht, sie vorsichtig und
überaus behutsam ebenfalls feucht zu bekommen.

Charlotte beginnt, ihre Erregung in Geräusche zu fassen und zu
stöhnen. Sie ist mittlerweile so heiß, dass sie schon kurz vor dem
Orgasmus steht. Annabell hingegen küsst Sven weiter. Und dann
ist es so weit, Charlotte hat ihren Höhepunkt erreicht. Sie schnappt
sich ein Kondom, stülpt es über Svens Penis und setzt sich auf
ihn. Ganz wild auf weiteren Sexgenuss, reitet sie nun auf ihm.
Sven beginnt an ihren Brüsten zu tasten und spürt die überaus
großen, festen Brustwarzen. Dort verharrt er und reibt sie vorsichtig zwischen seinen Fingern. Mit seiner anderen Hand gleitet
er auch bei Annabell zu deren Brüsten und massiert auch diese.
Beide fühlen sich gut an. „Könnten wir die Stellung wechseln?",

haucht Sven total erregt. „Ich würde gerne in Annabell von hinten eindringen." Die beiden Damen haben natürlich nichts dagegen. Annabell kniet sich vor Sven und er dringt langsam von hinten in sie ein. Angestachelt von Charlotte, stößt Sven anfangs langsam und dann immer schneller zu. Annabell heizt das so richtig an und sie kommt schließlich auch zum Orgasmus. Nur Sven konnte seinen Höhepunkt noch nicht erreichen. Er bittet Annabell, ihre Beine zu schließen. Immer noch hinter ihr, kniet Sven mit gespreizten Oberschenkeln. Seinen Hoden legt er auf ihren Fußsohlen ab und Annabell setzt sich hin und sein Penis dringt tief in sie ein. Charlotte streichelt Annabell und diese beginnt wieder mit rhythmischen Reitbewegungen. Sven erregt dies sehr und er küsst Annabell von den Schulterblättern über den Hals bis zu ihrem Mund. Er wird weiter in Ekstase versetzt und steht nun selber kurz vor seinem Höhepunkt. Doch dann scheint es einen Leistungsknick zu geben und der Orgasmus passiert nicht. Annabell beendet nun die Reitbewegungen. Während sie so aufrecht vor ihm kniet, streichelt Sven über ihre Brüste und küsst sie weiter. Danach machen die drei eine kurze Erholungspause. Das gibt allen die Gelegenheit, etwas zu trinken.

Annabell setzt sich auf das Sofa und lehnt sich zurück. Sven kuschelt sich mit seinem Rücken an ihre weichen Brüste und legt seinen Kopf auf ihre Schulter. Dann schließt er die Augen. Sie umschließt seine Hüften mit ihren Beinen und beginnt, ihn zärtlich zu streicheln. Sven genießt dies und bleibt entspannt liegen. Auch er streichelt Annabell liebevoll über ihre Beine. Es dauert nur einen kurzen Moment, bis auch Charlotte bei den ganzen Streicheleien mitmacht und bei Svens Füßen beginnt. Schritt für Schritt streichelt sie sich näher an seinen Intimbereich heran. Annabell küsst Sven zärtlich am Ohr. Sven macht einen glücklichen und zufriedenen Gesichtsausdruck. Er fühlt sich pudelwohl. Charlotte kommt näher an seine Hoden und Sven beginnt erneut, Lust zu verspüren. Langsam wird mit einer Hand der Hoden massiert und mit der anderen begonnen, seinen Penis zu stimulieren. Einen kurzen Augenblick später ist dieser schön steif und fest. Nun wird er mit der Hand gerubbelt und Sven spürt, wie sein Penis in den Mund von Charlotte wandert. Sein Körper beginnt, vor Ekstase zu zucken und er steht kurz vor seinem Höhepunkt. Er beginnt nun seinerseits, sein Becken auf und ab zu bewegen. Das verstärkt seine Ekstase bis zum Zerreißen. Sven durchströmt merkbar der Augenblick vor dem Orgasmus. Doch dieser passiert nicht. Stattdessen entspannt er wieder. Charlotte versucht, den immer noch steifen Penis weiter zu stimulieren. Sie spielt nun mit der Zunge an seiner Eichel. Annabell streichelt ihm seine Brustwarzen und weiter über Brust und Arme bis hinauf zu seinem Kopf. Charlotte nimmt den Penis wieder in den Mund. Diesmal aber vollständig. Die Erregung von Sven kann man nun förmlich sehen. Wieder durchströmt es ihn und es baut sich wieder auf bis kurz vor den Höhepunkt. Doch auch dieses Mal passiert dieser nicht. Schade. Es wäre ihm zu gönnen gewesen.

Leider geht auch dieser Abend zu Ende. Alle Beteiligten sehen zufrieden aus. Auch Sven. Und das mit dem Orgasmus wird schon noch geschehen. Nachdem alle wieder angezogen sind, stehen sie im Flur und verabschieden sich mit einer Umarmung und einem Kuss. Sven bedankt sich noch für den tollen Abend. Annabell und Charlotte bedanken sich auch und finden ihrerseits, dass es ein schöner Abend war. Danach verlassen sie ihn wieder und fahren nach Hause.

DAGMAR

Sven tanzt für sein Leben gern. Leider hat er keine Frauen in seinem
Freundeskreis, die auch gerne tanzen. Alleine geht er jedoch ungern
zu einer Tanzveranstaltung. Denn
dort hat er nicht den Mut, eine
Frau anzusprechen und zu fragen,
ob sie mit ihm tanzen möchte.
Er hat sogar etwas Angst davor,
einen Korb zu bekommen. Deshalb überlegt er, ob nicht eine seiner beruflichen Kontakte ein wenig
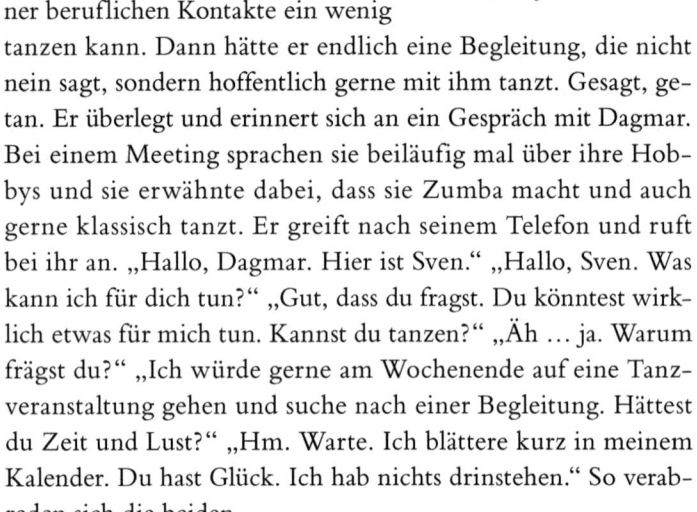
tanzen kann. Dann hätte er endlich eine Begleitung, die nicht
nein sagt, sondern hoffentlich gerne mit ihm tanzt. Gesagt, getan. Er überlegt und erinnert sich an ein Gespräch mit Dagmar.
Bei einem Meeting sprachen sie beiläufig mal über ihre Hobbys und sie erwähnte dabei, dass sie Zumba macht und auch
gerne klassisch tanzt. Er greift nach seinem Telefon und ruft
bei ihr an. „Hallo, Dagmar. Hier ist Sven." „Hallo, Sven. Was
kann ich für dich tun?" „Gut, dass du fragst. Du könntest wirklich etwas für mich tun. Kannst du tanzen?" „Äh … ja. Warum
frägst du?" „Ich würde gerne am Wochenende auf eine Tanzveranstaltung gehen und suche nach einer Begleitung. Hättest
du Zeit und Lust?" „Hm. Warte. Ich blättere kurz in meinem
Kalender. Du hast Glück. Ich hab nichts drinstehen." So verabreden sich die beiden.

Zum vereinbarten Termin klingelt Dagmar an der Tür. Sven
öffnet und ist hoch erfreut, eine toll gekleidete und gestylte Frau
zu sehen. Sie trägt ein halblanges schwarzes Kleid und elegante Stöckelschuhe. „Hallo, Sven", wird er freudig begrüßt. „Hallo, Dagmar. Wollen wir gleich los?" „Ja gerne." Er geleitet sie
zu seinem Wagen und öffnet ihr galant die Türe. Dagmar steigt

ein. Als Sven losfährt, beginnen sie, über Tanzen zu reden. Sie erzählt, dass sie vor ein paar Jahren einen Tanzkurs besucht hat und hier und da zu Tanzveranstaltungen geht. Das gefällt Sven. Er tanzt auch sehr gerne. Aber alleine in Discos abhängen, ist nicht so sein Fall. Er ist lieber in Gesellschaft und möchte auch beim Tanzen ratschen können, ohne sich anschreien zu müssen. In Discos ist es ihm nämlich immer zu laut. Als sie beim Tanzlokal ankommen, zahlen sie ihren Eintritt, setzen sich an einen freien Tisch und bestellen sich etwas zum Trinken. Es dauert auch nicht lange und schon wird das Licht etwas gedimmt und die Musik spielt los. „Ah das Lied ist toll, was ist das für ein Tanz?" Sven hört kurz genauer hin: „Das ist ‚Milk And Toast And Honey' von Roxette. Das ist ein Slowfox." „Oh schade. Den kann ich nicht." „Kannst du einen normalen Foxtrott?" „Ja." „Dann lass uns den doch tanzen, Dagmar." Gesagt, getan. Sie begeben sich auf die Tanzfläche und legen los. Als sie mittendrin sind, beginnt Dagmar plötzlich mitzusummen. Sven beginnt zu lächeln. „Das freut mich, dass dir das gefällt." „Ja, das ist echt schön." Geht echt wunderbar los, denkt sich Sven. Und als der Slowfox vorbei ist, begeben sie sich wieder zu ihrem Tisch zurück. Doch der DJ scheint ein gutes Händchen zu haben. Sie wollen sich gerade setzen, als der nächste Musiktitel gespielt wird, den beide kennen. „Oh ‚Perfect' von Ed Sheeran. Komm mit und lass uns den auch tanzen." Dagmar weiß gar nicht, wie ihr geschieht. Sven schnappt sich ihre Hand und zieht sie mit auf die Tanzfläche. Und schon legen sie los. Wiener Walzer. Dagmar strahlt förmlich und Sven sieht auch sehr glücklich aus. So geht das fast eine ganze Stunde lang. Dann kommt tatsächlich ein Titel, den die beiden nicht tanzen möchten. Leicht außer Puste, setzen sie sich wieder an ihren Platz. Völlig berauscht von guter Laune, unterhalten sie sich über die tolle Musikauswahl und die ein oder andere lustige Tanzfigur, die sie mal irgendwo gesehen haben. Nach etwa zwei Stunden ist die Tanzparty vorbei und Sven fährt mit Dagmar zu sich nach Hause.

Kaum ist Sven losgefahren, legt Dagmar ihre linke Hand auf seinen rechten Oberschenkel. Langsam krümmt sie ihre Finger und streckt sie anschließend wieder. So kann sie Svens Oberschenkel auf sehr sanfte Art und Weise streicheln. Sven genießt das und lässt beide Hände am Lenkrad. Vorsichtig tastet sich Dagmar streichelnd in Richtung seiner Genitalien. Dort angekommen, versucht sie seinen Penis durch die Hose zu ertasten. „Oh! Da ist aber jemand schon ganz heiß", stellt Dagmar fest. Etwas verlegen lächelt Sven. Sie beginnt nun, seinen Penis leicht zu stimulieren. Das gelingt ihr wirklich gut. Gott sei Dank sind wir gleich da, denkt Sven. Es dauert wirklich nur noch zwei, drei Minuten, bis er das Auto auf den Parkplatz fahren kann. Als er den Motor abstellt, lässt Dagmar von ihm ab. „Dann lass uns reingehen", haucht sie ihm verführerisch zu. Sven ist total aufgeregt. Seine Hände zittern, so dass er ein wenig braucht, bis er die Wohnungstüre aufgesperrt hat. Kaum hat er diese hinter Dagmar wieder geschlossen, tritt sie ganz nahe an ihn heran. Sie greift ihm zwischen die Beine und beginnt, ihn leidenschaftlich zu küssen. Sven wird immer heißer. Sein Penis ist richtig prall. Dagmar ist offenbar voll in ihrem Element und beginnt mit der freien Hand, Svens Hemd aufzuknöpfen. Ohne von seinem Penis abzulassen. Während sie sich weiter küssen, verliert Sven nach und nach Hemd, Hose, Unterhose und Socken. Er weiß nicht, wie ihm geschieht und vor allem, wie sie das gemacht hat, dass er plötzlich nackt im Flur steht. Doch er genießt das in vollen Zügen. Mit festem, aber dennoch zärtlichem Griff ihrer Hand an seinem Penis führt sie Sven den Flur entlang. Er folgt ihr, immer heißer werdend, und hilft ihr, ihn in das Schlafzimmer zu lotsen. Mittlerweile sind sie bei Zungenküssen angekommen. Sven versucht, Dagmar zu entkleiden, doch er schafft es nicht. Er ist viel zu erregt. Dagmar hilft ein wenig nach. Sie verliert, während sie sich weiter küssen und sie seinen Penis mit festem Griff zu stimulieren beginnt, Höschen und den BH.

Am Bett angekommen, gibt Dagmar Sven einen leichten Schubs und dieser fällt wie in Zeitlupe auf das Bett. Sie kommt nach, schiebt ihr Kleid ein wenig hoch und setzt sich auf seinen Penis. Langsam beginnt sie, auf ihm zu reiten. In Svens Gesicht kann man genau ablesen, dass er hellauf begeistert ist. Er genießt

dies förmlich. Je schneller Dagmars Bewegungen werden, desto mehr rutscht ihr das Kleid von den Schultern und ihre tollen Brüste werden nach und nach freigelegt. Sven ist von diesem Anblick total überwältigt und greift mit beiden Händen nach ihnen. Ihre Brustwarzen sind ganz fest und die Brüste superweich. Anfangs streichelt er sehr vorsichtig darüber, aber mit der Zeit auch mal fester. Während Dagmar immer schneller reitet, rückt Svens Höhepunkt immer näher. Als er kurz davor steht, packt er ihre Brüste und knetet sie ganz fest durch. Dann hat Dagmar es geschafft. Sven ist an seinem Höhepunkt angekommen und entlädt sich in ihr. Doch Dagmar ist noch nicht fertig. Sie reitet weiter und weiter und ist selber nun so in Ekstase, dass Sven mitmacht, so gut er kann. Mit einem kurzen, spitzen Seufzer endet dieser Ritt auch für Dagmar in einem Höhepunkt. „Wahnsinn! Du bist voll der Wahnsinn!", kann Sven nur sagen und bleibt völlig erschöpft im Bett liegen. Dagmar legt nun ihre Brüste auf Svens Brust und kuschelt ihren Kopf an seinen Kopf. Er streicht ihr durch die Haare.

Leider endet dieser Abend viel zu früh. Sven ist noch glücklicher, als er bei den anderen schon war. Er hat es dieses Mal tatsächlich zu einem Höhepunkt geschafft. Dagmar geht sich im Bad etwas frisch machen und zieht sich wieder an. Als auch Sven angezogen im Flur steht, umarmen sich beide und geben sich ein paar Küsschen auf die Wangen. Dann verabschiedet sich Dagmar mit den Worten: „Das sollten wir unbedingt einmal wiederholen." Sven grinst über beide Backen und nickt nur zustimmend.

ELVIRA

Heute möchte Sven einmal etwas völlig Neues ausprobieren. Er möchte den Abend mit einer Domina verbringen. Mit ihr kann er sicherlich einige Erfahrungen sammeln. Er möchte etwas über Unterordnung lernen, aber trotzdem jemand bleiben, der sich nicht zu verstecken braucht. Außerdem würde er gerne wissen, wie sich anale Stimulation anfühlt. Das Problem an der ganzen Sache ist jedoch – mit wem? Wen könnte er fragen? Oder anders gesagt, bei welcher Frau würde er sich trauen, über diese Idee überhaupt zu reden? Hier kommt ihm der Zufall zu Hilfe. Elvira, die Sekretärin eines guten Kunden, kommt zu ihm ins Büro. Sie hat streng zusammengebundenes braunes Haar und vermittelt den Eindruck, dass sie die Hosen anhat. Cool. „Hallo, Elvira. Machst du heute einen auf dominant?" „Hallo, Sven. Wie kommst du denn darauf?" „Na, so wie du dich bewegst und gekleidet bist, könntest du auch als Domina durchgehen." Sven hätte jetzt erwartet, dass Elvira irgendetwas dagegen sagt. Aber nein. „Tja. Ich dominiere auch sehr gerne das Geschehen. Ist doch toll, wenn alle nach meiner Pfeife tanzen." „Voll cool. Dich könnte ich mir gut als ‚Lady Elvira' vorstellen. Die Domina von nebenan." Elvira lacht laut los. „Du bist lustig, Sven. Aber der Gedanke ist super. Das muss ich vielleicht wirklich mal ausprobieren." „Finde ich gut. Darf ich dabei sein, wenn du das ausprobierst?" „Ernsthaft jetzt?" „Ja klar. Total ernst." „Na gut. Ich bin dabei. Und ich bring auch ein paar Spielsachen mit." „Oh. Wow. Spielsachen. Dann lass uns doch etwas ausmachen." Und so ist es dann abgemacht.

Ein paar Tage später klingelt es an Svens Wohnungstüre und ‚Lady Elvira' tritt ein. Sie trägt einen Hosenanzug und hat einen mittelgroßen Metallkoffer dabei. Zur Begrüßung geben sie sich ein Küsschen links und ein Küsschen rechts auf die Wange. Er bittet sie ins Wohnzimmer und bietet ihr etwas zum Trinken an. „Du wolltest gerne eine Domina haben?" „Ja, das stimmt."

„Hast du so etwas schon mal gemacht?" „Nein, das ist mein erstes Mal." „In Ordnung. Dann zeige ich dir einmal, was ich alles mitgebracht habe." Elvira öffnet ihren Koffer. Darin sind ganz viele Toys zu sehen. Dildos in verschiedenen Größen und Dicken, unterschiedlich große Analplugs, Vibratoren, Analketten und noch so einiges mehr. Alle Spielsachen, die in Richtung Domination gehen, werden von Sven sofort abgelehnt. Er erklärt Elvira, dass er gerne Erfahrungen mit analer Stimulation machen möchte und er kein Interesse an so Geschichten wie Unterwürfigkeit oder Ähnlichem hat. „Sehr gut. So weiß ich Bescheid." Nachdem Sven eine Auswahl getroffen hat, begibt sich Elvira ins Badezimmer. Dort werden alle in Frage kommenden Toys nochmals gereinigt. Außerdem legt sie ein Lack-Dienstmädchenkostüm an. Als Elvira den Raum betritt, ist Sven völlig begeistert. Ihre Brüste sind teilweise unbedeckt und unter dem Röckchen ist nackte Haut ohne Höschen zu erkennen. Das entspricht genau seiner Vorstellung.

„Hallo, Sven", haucht Elvira liebevoll in seine Richtung. „Ich glaube, du bist etwas verspannt und musst daher dringend davon befreit werden!" „Oh ja. Das glaube ich auch." Elvira stellt sich vor Sven und beginnt, sein Hemd aufzuknöpfen. Langsam, aber bestimmt entledigt sie ihn des Hemdes und dann der Hose und Unterhose. „Leg dich auf den Bauch und schließe die Augen!", befiehlt sie. Sven tut, wie ihm geheißen wurde. Elvira holt ein Massageöl heraus und beginnt, ihn damit von Kopf bis Fuß einzuölen. Seinem Rücken gönnt sie dazu noch eine kleine Massageeinheit. Auch seine Zehen erhalten jede einzelne eine Sonderbehandlung. Sie werden zärtlich massiert, geölt und anschließend mit der Zunge liebkost. Sven genießt dies in vollen Zügen. Er bemerkt, wie seine Erregung zu wachsen beginnt. Als aufmerksames Zimmermädchen bekommt Elvira das natürlich mit: „So, jetzt musst du dich umdrehen!", erfolgt schließlich abrupt das Kommando. Sven gehorcht natürlich und dreht sich um. Sofort beginnt Elvira, seinen Oberkörper einzuölen. Sanft streicht sie dabei über seine Brustwarzen. Diese werden dabei ganz fest und Sven spürt ein angenehmes Gefühl durch seinen

Körper fließen. Langsam massiert sich Elvira bis zu Svens Penis. Dieser ist schön fest und kann gut massiert werden. Während sie nun mit ihrer Zunge über seinen Penis gleitet und diesen immer mal wieder in ihren Mund gleiten lässt, massiert sie seinen Anus. Sven ist komplett überwältigt und bekommt anfangs gar nicht mit, wie die erste Analkugel der Analkette in seinen Anus gleitet. Erst bei der zweiten zuckt er kurz. Doch Elvira ist sehr geschickt und verwöhnt seinen Penis immer noch mit ihrer Zunge und ihrem Mund. So lässt Sven alles mit sich geschehen. Also lässt Elvira auch Kugel drei und vier in Sven hineingleiten und schließlich noch die fünfte und letzte Kugel. Sven spürt, wie er langsam ausgefüllt wird und es fühlt sich sehr gut an.

Jetzt wechselt Elvira die Stellung und setzt sich auf Sven, um auf seinem Penis zu reiten. Sie hält ihm ihre schönen Brüste vor die Nase. Da kann er natürlich nicht nein sagen und beginnt, an ihnen zu lecken und zu saugen. Dann greift er mit beiden Händen nach den großen Brüsten und beginnt, diese zu massieren. Unentwegt reitet Elvira weiter. Sie wird schneller und Sven kann nichts zurückhalten. Er kommt noch nicht einmal dazu, irgendetwas zu Elvira zu sagen. Sein Höhepunkt ist schneller erreicht als gedacht. Elvira hört aber nicht auf. Nein, im Gegenteil. Sie wird lediglich etwas langsamer. Sie beugt sich zu Sven hinunter und beginnt, ihn zu küssen. Dies erwidert er sehr gerne. Plötzlich hört Elvira auf. Sie steigt von ihm herunter und holt einen Penisring heraus. Diesen streift sie ihm über. Dann lässt sie abermals ihre Zunge und Lippen an sein bestes Stück heran. Genüsslich leckt sie an seiner Eichel. Auch stülpt sie immer wieder mal ihre Lippen darüber. Sven ist einfach überwältigt und genießt dieses schöne Erlebnis. Dann setzt sich Elvira wieder auf seinen Penis und beginnt abermals, auf ihm zu reiten. Zunächst sehr langsam und dann immer schneller werdend. Dabei kann man Sven anmerken, wie ihn das immer weiter in Ekstase versetzt und er in Richtung zweiten Höhepunkt galoppiert. Er greift wieder nach ihren Brüsten und streichelt ihr sehr vorsichtig über ihre Brustwarzen. Es dauert auch gar nicht lange und schon ist sein zweiter Höhepunkt erreicht. Zeitgleich kommt auch Elvira zu ihrem. „Wahnsinn! Du bist echt der volle Wahnsinn!", sprudelt es aus ihm heraus. „Das freut mich, dass es dir gefällt." Elvira bleibt noch auf ihm sitzen. Sie legt ihren Oberkörper auf seinen und sie küssen sich. Danach entfernt sie vorsichtig die Analkette und den Penisring.

Zum Abschluss liegt Elvira in Svens Armen und lässt sich von ihm zärtlich über ihren Kopf und Rücken streicheln. „Elvira. Das war eine total schöne Erfahrung für mich. Ich hätte nicht gedacht, dass dies so toll sein kann. Ich danke dir vielmals hierfür." „Gern geschehen. Es freut mich, dass ich dir eine solch große Freude bereiten konnte." „Ja, das konntest du."

Als Sven wieder alleine ist, denkt er mit einem Lächeln über diesen Abend nach. Er ist stolz auf sich, dass er diese Phantasie auch einmal ausprobiert hat. Und er muss zugeben, dass er diesen Abend auch sehr genossen hat. Vor allem hätte er nicht gedacht, dass in Elvira so ein cooles Geheimnis vergraben ist.

FIONA

Bei seiner nächsten Verabredung möchte Sven etwas anders ausprobieren. Er würde gerne wissen, ob er entspannt, ohne sofort
an Sex zu denken, mit einer Frau reden kann, wenn ihm diese
von Anfang an nackt gegenübersitzt. Das könnte spannend werden, denn welche Frau würde das spontan mitmachen? Und das,
ohne ihn zu kennen? Zwei volle Tage grübelt er über eine ge-
eigneten Kandidatin nach. Plötzlich fällt ihm ein Gespräch über
lustige Saunaerlebnisse ein. Mit wem war das nochmal? Hm.
Dann kommt es ihm. Die nette braunhaarige Fiona. Tolle Frau.
Kaum ist der Gedanke im Sinn, hat er auch schon den Telefonhörer in der Hand.

„Ah. Hallo, Fiona. Schön, dass ich
dich erreiche." „Hallo, Sven. Was
verschafft mir das Vergnügen?"
„Ähm. Ich wollte dich fragen, ob
wir mal zusammen was unternehmen könnten?" „Du und ich?" „Ja
genau." „Spricht aus meiner Sicht
nichts dagegen. Woran hattest du
denn gedacht?" „Wir könnten baden gehen." „Oh cool." Und so
blättern sie in ihren Terminkalen-
dern und finden einen passenden Tag.

Es klingelt an der Tür und Sven öffnet. Eine fröhliche Fiona
kommt die Treppe herauf. Sie trägt einen knielangen Mantel
und die Haare sind zu einem Pferdeschwanz zusammengebun-
den. Freudig begrüßen sie einander. „Wollen wir gleich los?"
„Wohin, Fiona?" „Du sagtest, dass du gerne baden gehen würdest." „Ja schon. Aber ich dachte dabei an meine Badewanne."
Fiona schaut etwas irritiert. „Hab ich dich da falsch verstanden?"

„Möglich. Vielleicht habe ich mich auch falsch ausgedrückt. Und nun?" Fiona schaut noch fragend. „Vielleicht kann ich dir dein mögliches Ja mit einem Bananensplit versüßen?" Fiona lächelt. „Du bist echt süß. Also gut. Ich bleibe hier und gehe mit dir ‚baden'." Sven freut sich und hilft ihr aus dem Mantel. Darunter trägt sie ein weißes Cocktailkleid. „Das steht dir. Sieht echt toll aus", gibt Sven völlig verblüfft von sich. Fiona bedankt sich. „Also gut, Fiona. Dann komm doch bitte mit ins Badezimmer und suche dir einen schönen Duft für das Bad aus." Sven holt zwölf Fläschchen mit Badezusatz aus seinem Schrank und gibt sie Fiona. Diese öffnet ein Fläschchen nach dem anderen, riecht daran und entscheidet sich für drei. Dass jemand mehr als einen Badezusatz verwenden möchte, ist für Sven neu. Aber das heißt ja nicht, dass man das nicht auch so machen könnte. Er gibt also von jedem Fläschchen etwas in die Badewanne und lässt das Wasser einlaufen. Riechen tut diese Kombination jedenfalls sensationell, stellen beide fest. Während die Badewanne sich füllt, gehen beide in die Küche. Sven holt das Eis aus dem Gefrierfach. Er beginnt, eine Banane in Scheiben zu schneiden und schön auf einem großen ovalen Teller zu dekorieren. In die Mitte des Tellers gibt er mehrere Kugeln Vanilleeis. Über alles verteilt er Schokoladenstreusel. Abschließend holt er noch ein paar Waffelröllchen und fertig ist Svens Bananensplit. „Oh. Das sieht wirklich lecker aus", sagt Fiona. „Find ich auch. Aber warte mal. Das Beste kommt erst noch. Wenn du dann in der heißen Badewanne sitzt und das kühle Eis schleckst. Diese Kombi ist einfach unbezahlbar." „Da läuft mir glatt das Wasser im Mund zusammen", meint Fiona. „Bin echt schon gespannt, ob es das hält, was du versprichst." „Ahhh. Jetzt hab ich die Latte aber ganz schön hoch gehängt." Dann lachen beide und begeben sich wieder ins Badezimmer.

Da nun schon genug Schaumbad eingelassen ist, dreht Sven den Wasserhahn zu. Fiona beginnt, sich genüsslich zu entblättern und steht mit dem Rücken zu Sven. „Ein schöner Rücken und ein toller knackiger Po. Kompliment", sagt er. „Dankeschön." Nachdem auch die letzte Hülle gefallen ist, dreht sie sich um.

Als Erstes fallen Sven natürlich die schönen großen festen Brüste ins Auge. „D…darf ich deine Brüste mal berühren?", stottert er leicht verlegen. „Aber natürlich. Dafür sind sie schließlich da." Er lässt sich das nicht zweimal sagen. Obwohl die Brüste komplett natürlich sind, haben die eine tolle Festigkeit. Und anfühlen tun die sich auch sehr gut. „Ähm … ja … ähm. Setz dich doch bitte schon mal in die Badewanne, bevor uns das Eis noch schmilzt", lenkt er plötzlich ab. Fiona steigt in das Schaumbad und macht es sich auf der linken Seite gemütlich. Sven baut nun einen kleinen Tisch über die Badewanne, stellt den Teller mit dem Bananensplit darauf und klettert dann völlig umständlich auch in das Schaumbad. „Dann lass uns das Eis genießen", sagt Sven und reicht Fiona noch einen Löffel. „Danke."

Während sie über ihre Lieblingsbücher, Wandererlebnisse und dergleichen reden, wandert langsam ein Löffel Bananensplit nach dem anderen in ihre Münder. Sie beginnen, sich einen Spaß daraus zu machen, jeden Löffel auf andere Art und Weise zu zelebrieren. Das sieht so verführerisch aus, dass sich beim Zusehen mal Fiona und mal Sven mit der Zunge über die Lippen fahren und am liebsten dem anderen den Löffel samt Eis abspenstig gemacht hätten. Leider neigt sich das Eis irgendwann dem Ende zu. Allerdings sind Sven und Fiona nun schon richtig angeheizt. Während Sven die letzten Tropfen von dem Eis zusammenkratzt und diese genüsslich isst, beginnt Fiona, ihm zärtlich über seine Beine zu streicheln. Als sie dies ein paar Mal gemacht hat, fährt sie mit ihren Fingernägeln langsam und nur mit einem Hauch der Berührung zwei-, dreimal seine Fußsohlen auf und ab. Dann greift sie seine Zehen und beginnt, abwechselnd mit ihnen zu spielen.

Sven wird durch all dies in Ekstase versetzt, so dass er kaum in der Lage ist, den Teller und den Tisch von der Badewanne zu entfernen. Zitternd schafft er es dann doch noch. Nun kann auch er über Fionas Beine streicheln. Sie hat wunderschöne, weiche Haut. Völlig glattrasiert. Das fühlt sich total super an. Da Sven voll auf Zehen steht, lässt er ziemlich schnell von den Beinen ab, schnappt sich einen Fuß und beginnt, die Fußsohle und die Zehen zu massieren. Das Massieren genügt ihm aber schon bald nicht mehr und er lässt seine Zunge alle fünf Zehen abtasten. Auch die Zehenzwischenräume müssen mit der Zunge erkundet werden. Als er dies ausführlich gemacht hat, lässt er seine Lippen über einen Zeh nach dem anderen gleiten und beginnt, daran zu nuckeln. Fiona törnt das an. Sie lässt von seinen Zehen ab und beginnt, mit ihren Brüsten zu spielen. Langsam kreist sie zunächst um ihre Brustwarzen, welche schon ganz hart sind. Dann greift sie an ihre Brüste und drückt diese zusammen. Anschließend fährt sie noch mit der Hand zwischen den Brüsten hin und her. Sven macht dies völlig scharf. Einen Ständer hat er auch schon. Er zelebriert daher die Liebkosung von Fionas Zehen weiter, um zu sehen, was noch passiert. Fiona lässt nun eine Hand an sich nach unten gleiten. Als sie bei ihren Schamlippen ankommt, werden diese vorsichtig liebkost. Nach und nach werden ihre Bewegungen intensiver und sie beginnt, sich einen Finger einzuführen. Auch dieser wird ganz im Zeichen der Lust bewegt.

Sven hält das Zuschauen nicht mehr aus. Er nimmt ihre Füße und umschließt damit seinen Penis. Da Fiona voll und ganz mit sich beschäftigt ist, bewegt er ihre Füße auf und ab. So kommt auch er nun voll in Fahrt. Plötzlich lässt Fiona von sich ab, zieht ihre Beine zurück, richtet sich auf und setzt sich auf seinen Penis. Sven ist kurz perplex. Aber es geht sofort weiter heiß zur Sache. Fiona reitet nun auf ihm. Er genießt das und sie wird immer schneller dabei. Sie kann spüren, dass Sven seinem Höhepunkt schon sehr nahe ist. Sie hört abrupt auf und steigt von ihm ab. Sven steht auf und reibt seinen Penis mit schnellen Handbewegungen. Dann ergießt sich sein Sperma auf ihre sanft wogenden Brüste. Nun übernimmt Fiona seinen Penis. Sie reibt ihn langsam weiter. Dann leckt sie mit ihrer Zunge an der Eichel und stülpt dann auch noch den Mund darüber.

Fiona steht auf und stellt ein Bein auf den Badewannenrand. Svens Penis ist immer noch in ihrer Hand. Zärtlich, aber bestimmt führt sie diesen auf ihre Vagina zu. Sven versteht und dringt sanft in sie ein. Jetzt möchte auch Fiona zu ihrem Höhepunkt kommen. Sven beginnt, sich zunächst langsam, dann aber immer schneller werdend zu bewegen. Mit seinen Händen streichelt er sanft über ihren Rücken zu ihren Brüsten. Fiona legt den Kopf in den Nacken und lehnt sich an Sven. Dieser küsst sie zärtlich, während er unaufhörlich mit seinen Stoßbewegungen weitermacht. Unweigerlich nähert sie sich nun auch ihrem Orgasmus. Ihre Hände beginnen schließlich auch mit ihren Brüsten und Schamlippen zu spielen. Ihre Atmung wird schneller und schneller und dann ist es so weit. Sven spürt ihren Orgasmus und verlangsamt seine Bewegungen, ohne jedoch aufzuhören. Dies macht er so lange weiter, bis Fiona ihre Hände um seinen Po legt und ihn ganz fest an sich heranpresst. Damit unterbindet sie jegliche Bewegung von Sven. Sie beginnt, ihn zu küssen und er erwidert dies gerne.

„Das war ein sehr schöner Abend. Danke, Sven", haucht Fiona. „Gerne. Ich hab auch zu danken. Du warst einfach atemberaubend." Fiona dreht sich um und sie umarmen sich. „Ich hätte nicht gedacht, dass aus einem Missverständnis etwas so Intensives werden könnte." „Finde ich auch, Fiona." Als sie wieder angezogen sind, sitzen sie noch eine Weile erzählend auf dem Sofa, bis es dann für Fiona Zeit wird, sich auf den Heimweg zu machen.

GLORIA

Sven findet langsam Gefallen an diesen Treffen. Sein Selbstbe-
wusstsein wächst von Mal zu Mal. Auch bekommt er ab und an
schöne Komplimente, die ihm leider immer erst ein paar Tage
nach den Terminen so richtig bewusst werden. Hier sollte er also
noch an sich arbeiten. Und das wird er auch. Damit nun etwas
Abwechslung ins Spiel kommt, hat er sich für die nächste Verabredung ein Rollenspiel ausgedacht. Ein Vorstellungsgespräch.
Kürzlich hat er eine Bewerbungsmail von einer Gloria erhalten.
Darauf hat er bis heute noch nicht antworten können. Er denkt
darüber nach, ob es nicht unfair wäre, ihr das anzutun. Nachdem
er die E-Mail herausgesucht hat beginnt er zu schreiben: „Liebe
Gloria, leider können wir Ihnen derzeit kein Anstellungsverhält-
nis in Aussicht stellen. Da ich beim Durchlesen Ihrer Bewerbung
feststellen durfte, wie qualifiziert Sie sind, würde ich Sie gerne
zur Entschädigung für die Absage zu einem ganz privaten Vorstellungsgespräch zu mir nach Hause einladen ..." Kaum hat er
die Nachricht abgeschickt, kommt er auch schon ins Zweifeln,
ob das nicht sehr ungeschickt war. Aber es dauert keine viertel
Stunde, bis er eine Antwort erhält. „Hallo, Sven. Das ist wirklich nett von Ihnen, mir Bescheid zu geben. Auch das Angebot
von Ihnen finde ich verlockend. Ich würde das gerne annehmen.
Wäre es für Sie in Ordnung, wenn ich mich so kleide, wie ich
es zu einem Vorstellungsgespräch gerne tue?" Als Sven das liest,
ist er positiv überrascht und stimmt natürlich zu.

Zum vereinbarten Termin klingelt es pünktlich an der Türe.
Sven öffnet und Gloria kommt die Treppe hoch. Sie hat ihre Haare zu einem Zopf geflochten und trägt einen knielangen, beigen
Mantel und beige Pumps. „Hallo, guten Abend. Ich bin Gloria
und danke Ihnen für die Einladung zum Vorstellungsgespräch",
spricht sie und reicht Sven die Hand. „Hallo, Gloria. Ich bin
Sven. Schön, dass du es pünktlich geschafft hast. Vorweg gleich
eine wichtige Sache. Bei uns in der Firma ist es trotz der vielen

Mitarbeiter sehr familiär. Deswegen duzen wir uns alle", spricht er und schüttelt ihr die Hand. Anschließend hilft er Gloria aus dem Mantel und hängt diesen auf einen Bügel in der Garderobe. „Oh. Schicker Look. Das ist ja mal etwas ganz anderes." Sven ist offenkundig völlig fasziniert. Gloria trägt ein beiges Kleid. Die obere Hälfte ist in einem transparenten Stoff gehalten und mit vielen Strass-Steinen verziert. Das ist aber noch nicht alles. Gloria trägt keinen BH, so dass ihre Brüste in voller Pracht sichtbar sind. „Ja, ich habe gedacht, dass ich somit das Vorstellungsgespräch etwas auflockern kann." „Das ist dir sichtlich gelungen. Da hast du mir einen schönen Hingucker vor die Nase gesetzt. Aber gut. Komm doch bitte mit und nimm auf dem Stuhl dort Platz." „Danke schön." „Du willst also gerne den Job bei uns haben. Gibt es denn etwas, was dich hierfür besonders qualifizieren würde?" „Da bin ich mir sicher." „Aha. Das klingt schon mal sehr selbstbewusst. Also, Gloria. In deinem Lebenslauf habe ich gelesen, dass du fast jährlich deinen Arbeitgeber gewechselt hast. Wir suchen jedoch eine langfristigere Chefsekretärin. Warum sollte ich mich also für dich entscheiden?" „Das liegt klar auf der Hand. Ich bin einfach eine tolle Vorzeigesekretärin. Mit mir können Termine sehr kurzweilig werden. Bei den vielen anderen Firmen durfte ich mich nie so in Szene setzen wie jetzt hier bei dir." „Punkt für dich, würde ich mal sagen. Du könntest dir also vorstellen, hier langfristig beschäftigt zu sein, Gloria?" „Wenn ich mich ab und an so präsentieren darf wie jetzt, dann sicherlich. Und wenn ich mir dich so anschaue, gefällt dir das auch ganz gut, oder?" „Ähm. Ja. Ähm. Zugegeben, deine weiblichen Reize hast du schon ganz gut in Szene gesetzt. Allerdings geht es hier um einen wichtigen Posten. Du müsstest mich bei meiner Arbeit schon etwas entlasten und es gäbe viel zu organisieren." „Och, Sven. Im Organisieren bin ich Weltmeister. Das könnte ich dir innerhalb von ein paar Tagen beweisen. Danach würdest du mich nie wieder gehen lassen."

„Gloria, du scheinst wirklich sehr selbstbewusst zu sein. Das ist eine sehr positive Eigenschaft. Gibt es noch weitere Dinge, die du gerne hervorheben möchtest?" „Ja, da gibt es eine ganze

Menge. Ich weiß gar nicht, wo ich anfangen soll." „Dann fang doch einfach mit deinem Markenzeichen an." „Mein Markenzeichen?" „Ja, mit dem, was du an dir gerne magst." „Das ist einfach, Sven. Ich liebe mein Aussehen. Damit kann ich schnell begeistern. Wenn also demnächst wieder Kunden in deinem Vorzimmer bei mir stehen und diese warten müssen, weil dein Terminkalender wie gewöhnlich übervoll ist, so können sie stattdessen mich bewundern. Ich garantiere dir, dass damit aller Ärger über die Warterei schnell verflogen sein wird." „Ok. Das kann gut funktionieren. Aber wohl nur bei Männern. Was ist aber mit meinen weiblichen Kundinnen?" „Da könnte ich ganz spontan meine Kosmetikartikel auf meinen Schreibtisch stellen und mich dort zu schminken beginnen und von den Kundinnen ein paar wertvolle Tipps erfragen."

„Also, Gloria, das klingt sehr beeindruckend. Damit könntest du mir in der Tat viel Ärger von der Backe halten. Das klingt echt vielversprechend. Wie schaut es denn mit deinen Sprachkenntnissen aus? Kannst du mehr als nur deutsch?" „Aber sicher, Chef. Meine Französischkenntnisse sind überdurchschnittlich gut." Während sie das ausführt, steht sie von ihrem Stuhl auf und setzt sich neben Sven. Ihre Hand legt sie auf seinen Schoss und fährt langsam zu seinem Hosenstall. „Ich kann dir gerne eine Kostprobe geben." „Also mein Französisch ist jetzt nicht so gut, Gloria. Da könntest du mir quasi alles erzählen und ich wüsste nicht, ob das frei erfunden oder echt französisch ist." „Aber Sven. Dann hätte ich da eine Form von Französisch für dich, die du sehr leicht beurteilen und darauf überprüfen kannst, ob die für dich ausreicht."

Gloria öffnet seine Hose und holt den noch nicht ganz steifen Penis heraus. Sven gefällt das und er lässt sie gewähren. Mit gekonnten Handgriffen ist sein Penis im Handumdrehen so richtig fest. Gloria kniet sich vor Sven und beginnt, ihn mit dem Mund zu verwöhnen. Zwischendrin lässt sie ihre Zunge gekonnt über Eichel und Schaft gleiten. Nach einer Weile macht Gloria kurz Pause. „Und, Chef? Sind meine Französischkenntnisse für diesen Job ausreichend?" „Das kann ich absolut sicher mit einem Ja

beantworten. Allerdings ist das nicht das Einzige, was für den Posten als Chefsekretärin entscheidend sein kann. Du musst hier auch verschwiegen sein." „Das ist kein Problem, Sven. Ich bin verschwiegen wie ein Grab. Alles, was sich hier in deinem Büro abspielt, wird diesen Raum niemals verlassen." „Das ist ein ganz wichtige Grundvoraussetzung, Gloria. Gibt es denn noch andere Sprachen die du beherrscht?" „Aber natürlich, Boss. Ich kann auch sehr gut spanisch." „Das ist doof. Ich kann kein bisschen spanisch." „Dann lass dich von meinem Spanisch überzeugen, Chef." „In Ordnung. Wie sieht denn dein Spanisch aus?"

Gloria steht auf und zieht ihre Pumps aus. Dann öffnet sie den Reißverschluss des Kleides und lässt es an sich nach unten gleiten. „Willst du mal meine Brüste berühren?" „Nichts lieber als das." Sven streichelt Gloria über die harten Brustwarzen und die schönen, großen, weichen Brüste. „Da hast du alles, was das Männerherz begehrt. Glücklicherweise ist dein Kleid so super, dass ich einen Vorgeschmack auf deine tollen Brüste haben konnte." „Gell, Chef. Das gefällt dir. Und nun warte mal meine Spanischkenntnisse ab." „Bin schon voll gespannt." Gloria schnappt sich Svens Hand und zieht Sven aus seiner sitzenden Position. Als er vor ihr steht, geht sie in die Hocke. Zuerst nimmt sie seinen Penis nochmals in den Mund. Anschließend umschließt sie ihn mit ihren Brüsten. Anfangs bewegt sie mit ihren Händen die großen Brüste auf und ab, um so den Penis zu stimulieren. Doch es dauert gar nicht lange, bis Sven selber mit stoßenden Bewegungen beginnt. Immer wieder streckt Gloria ihre Zunge heraus und berührt damit regelmäßig die Penisspitze. Sven ist so sehr von diesem sexuellen Erlebnis begeistert, dass er schon nach kurzer Zeit zu seinem Höhepunkt kommt und sich sein Sperma über Glorias Brüste ergießt. „Oh, Chef! Jetzt konnte ich dir gar nicht mehr meine Griechischkenntnisse vorführen", sagt Gloria enttäuscht.

„Nicht traurig sein, Gloria. Ich steh voll auf Griechisch. Das möchte ich auf jeden Fall erlebt haben." „Das freut mich, Chef. Kannst du mir auch schon sagen, wie es um Posten als Chefsekretärin steht?" „Du bist eine echt sehr scharfe Frau. Der Job wäre dir sicher. Vorausgesetzt, dass deine sprachliche Begabung immer wieder mal zum Einsatz kommt." „Garantiert, Chef." „Sehr gut. Dann ist das geklärt. Ich werde morgen mal mit meinem Chef reden, ob wir nicht doch so jemanden wie dich einstellen sollten. Und nun lass uns auf dein Griechisch zurückgreifen." Gloria steht auf und beginnt, Sven auszuziehen. Ganz nebenbei lässt sie noch ihr Höschen fallen. Sie legt ihre Hand auf seine Brust und drückt Sven auf das Sofa zurück. Er lässt sich fallen. Und kurz darauf sitzt Gloria schon reitend auf ihm. Ihre hüpfenden Brüste vor Augen, genießt er dies in vollen Zügen. Sie wird immer langsamer und hört plötzlich auf. Dann greift sie mit der Hand nach seinem Penis und führt diesen zu ihrem Hintertürchen. Sehr behutsam gleitet der Penis in ihren After. Zentimeter für Zentimeter kommt er dabei immer tiefer. Dann beginnt Gloria wieder auf ihm zu reiten. Sven liebt dieses Gefühl der Enge. Gloria steht ihm da in nichts nach. Sie liebt das Gefühl, so voll gefüllt zu sein. Beide sind Feuer und Flamme und treiben es ganz wild. Mit jeder Bewegung kommen beide ihrem Orgasmus immer näher, bis sich diese nicht mehr aufhalten lassen. Danach küssen sie sich sehr inniglich und umarmen sich.

„Das war ein wirklich sehr tolles Vorstellungsgespräch, Gloria. Ich kann gar nicht mehr sagen, als dass es so richtig toll war." „Das freut mich, Sven. Auch mir hat dieser Abend sehr gefallen. Vor allem das Rollenspiel fand ich den Wahnsinn." „Ich auch. Und danke, dass du dabei mitgespielt hast." Beide sitzen noch eine Weile nackt in der Sexpose auf dem Sofa und genießen den Rest der schönen Stimmung. Aber auch dieser Abend geht zu Ende.

Sven hat dieses Rollenspiel sehr gefallen. Er möchte noch ein paar weitere Rollenspiele machen. In den nächsten Tagen wird ihm sicherlich eine schöne Idee für das nächste kommen. Da können wir gespannt sein, was ihm einfallen wird.

HELENA UND INGRID

Ein paar Wochen später stehen Helena und Ingrid bei Sven im Büro. Eigentlich sollte es um die Werbekampagne für deren Modeagentur gehen. Jedoch stehen die beiden Frauen streitend vor Sven. Er versteht zunächst gar nicht, um was es eigentlich geht. Immer wieder fallen Wörter wie Budget, unfair, Mist usw. Die beiden sind so aufgebracht, dass Sven sie vorerst streiten lässt. Aber mit der Zeit versetzt ihn das in unangenehmen Stress und er schreitet ein. „Wie ich sehe, kommen wir jetzt nicht wirklich weiter. Darf ich euch einen Vorschlag machen?" Die beiden werfen ihm einen verächtlichen Blick zu. „Das deute ich als Ja. Ich kann nichts für euer Problem. Allerdings könnte ich mir vorstellen, dass dies in einer entspannteren Atmosphäre komplett anders aussehen könnte und wir dann mit der Kampagne wirklich einen Schritt weiterkommen." Immer noch schauen Helena und Ingrid böse drein. Aber seine Worte scheinen etwas zu bewirken. Beide lenken ein. „Sehr schön. Dann hoffe ich, dass dieser Streit bald der Vergangenheit angehört. Ich würde euch für übermorgen zu mir einladen. Dann habt ihr bis dahin Zeit, den Streit noch etwas verfliegen zu lassen. Nehmt bitte alles mit, was wir für die Besprechung brauchen." Helena und Ingrid sind einverstanden.

Ein paar Tage später ist es dann so weit. Sven hat sich mit Hemd und Anzughose in Schale geworfen. Helena trägt einen Rock mit Bluse und Jackett und Ingrid einen Hosenanzug. Das Meeting kann beginnen. Alle drei sitzen im Wohnzimmer auf dem Sofa. Helena und Ingrid sitzen sich gegenüber, während Sven an der Stirnseite des Tisches Platz genommen hat. „So, ihr beiden. Getränke stehen auf dem Tisch. Bedient euch bitte. Heute wollen wir über die Werbekampagne reden. Was gibt es denn da noch zu besprechen, Ingrid?" Ingrid legt los: „Unsere Models werden nicht gut genug ausgebildet, weil wir zu wenig Geld dafür haben. Außerdem brauche ich Models mit mehr Erfahrung. Dafür ist aber auch kein Geld in meinem Budget. Dies ist äußerst nachteilig für die Agentur." Sven erläutert, dass die Kampagne auch umgestaltet werden könnte. Wenn ein Budget vergrößert wird, muss ein anderes verringert werden. Helena entgegnet sofort: „Aber nicht meines. Ohne gute Werbung läuft gar nichts." Um ihrer Aussage Nachdruck zu verleihen, öffnet sie ein paar Knöpfe an ihrer Bluse, wodurch der Blick auf ihre Brüste frei wird. „Da brauchst du jetzt gar nicht mit deinen Reizen spielen!", faucht Ingrid. „Tu ich doch gar nicht. Mir ist nur etwas heiß." „Ja, von wegen. Heiß? Dass ich nicht lache." „Beruhigt euch ein wenig", versucht Sven beschwichtigend einzugreifen. „Ingrid, kannst du uns nicht einfach zeigen, wie das mit deinen Models so abläuft? Werfe dich doch bitte in ein Outfit der Models und zeige uns das Problem." Ingrid ist immer noch leicht in Rage. Sie geht ins Badezimmer, um sich umzuziehen. Währenddessen zieht Helena ihre High Heels aus und lässt ihre Zehen über Svens Hosenreißverschluss wandern.

Gott sei Dank liegt eine Tischdecke über dem Tisch. Somit ist Ingrid, als sie wieder hereinkommt, der Blick auf diese Aktion verwehrt. Ingrid trägt einen Bikini und zeigt den anderen beiden, wie sich die Models auf dem Laufsteg so anstellen. Helena und Sven bemitleiden Ingrid für solch schlechtes Personal. „Aber Ingrid. Dann musst du deine Models eben härter rannehmen. Wenn die so laufen, ist das schrecklich", versucht Helena, Ingrid zu belehren. „Das weiß ich selber. Aber ohne Geld ist dieser zusätzliche Zeitaufwand nicht zu bezahlen." „Kannst du uns noch etwas anders zeigen?" „Ja, kann ich. Wartet mal." Ingrid verlässt wieder das Zimmer. Helena hat Sven schon so weit stimuliert, dass sein Penis komplett steif ist. Sie schiebt ihr Röckchen etwas hoch und so wird für Sven der Blick auf ihre nackte glattrasierte Vagina frei. Das macht ihn so richtig heiß. Helena rutscht ein Stück näher zu Sven. Vorsichtig öffnet sie den Reißverschluss seiner Hose und holt seinen Penis heraus. Dann setzt sie sich darauf und beginnt, ihn zu reiten.

Als Ingrid in einem Schulmädchenkostüm wieder hereinkommt, staunt sie nicht schlecht. „Ich hab es gewusst! Ich hab es wirklich gewusst!" „Was hast du gewusst?", fragt Sven. „Ihr beide wollt mich ausbooten." „Nein, das wollen wir nicht", streitet Helena alles ab. „Das glaubst du doch selber nicht. Schau doch nur. Du sitzt auf seinem Schoß." „Ach, Sven hat mir nur etwas gezeigt", versucht Helena abzuwiegeln. „Du lügst doch. Und? Reitest du gerade auf ihm?" „Und wenn es so wäre?" „Dann würd ich sagen: Mach weiter." Sven und Helena sind völlig überrascht. „Wie bitte?", sagen sie im Chor.

„Ja, macht weiter. Mich tört das völlig an." Helena lässt sich das nicht zweimal sagen und reitet nun ganz offen auf Sven. Sie steht kurz auf, um sich umzudrehen und setzt sich wieder auf seinen Penis. Dann reitet sie weiter und entledigt sich ganz nebenbei dem Jackett und der Bluse. Ingrid holt einen Vibrator aus ihrer Tasche. Sie trägt momentan nur das Schulmädchenkostüm. Bestehend aus Rock und zusammengebundenem Oberteil. Mehr hat sie nicht an. Ingrid setzt sich auf das Sofa, spreizt ihre Beine und beginnt, es sich mit dem Vibrator zu besorgen. Sven hat dabei freien Blick auf Ingrid. Das heizt ihn so richtig an. Helena hört auf, ihn zu reiten. Auch sie möchte nun etwas mit Ingrid machen. Helena zieht den Rock aus und kniet sich zu Ingrid. Dann beginnt sie, sie, während diese weiterhin mit dem Vibrator spielt, mit der Zunge zusätzlich zu stimulieren. Unterdessen nimmt Sven Helena von hinten. Es geht heiß her und beide Frauen beginnen, vor Lust zu stöhnen. „Los, jetzt will ich auch mal gefickt werden", haucht Ingrid in Richtung Sven. „Das kannst du haben." Sofort lässt er von Helena ab. Diese setzt sich auf und lässt Sven an Ingrid heran. Während Sven nun Ingrid von vorne nimmt, küsst und massiert ihn Helena. Lustvoll geht es für Ingrid weiter. Auch Sven gefällt das. Helena hört unterdessen langsam auf mit dem Streicheln, Küssen und Massieren. „Ich will auch mitmachen", seufzt sie. „Das find ich gut. Du solltest auch unbedingt mit dabei sein", sagt Sven. „Begebt euch in Stellung 69, dann kann ich euch beiden etwas Gutes tun." Gesagt, getan. Helena ist oben und Ingrid unten. Während Helena Ingrid wieder oral verwöhnt, nimmt Sven sie von hinten. Ingrid leckt derweilen abwechselnd an Helenas Vagina und an Svens Eiern. „Oh,

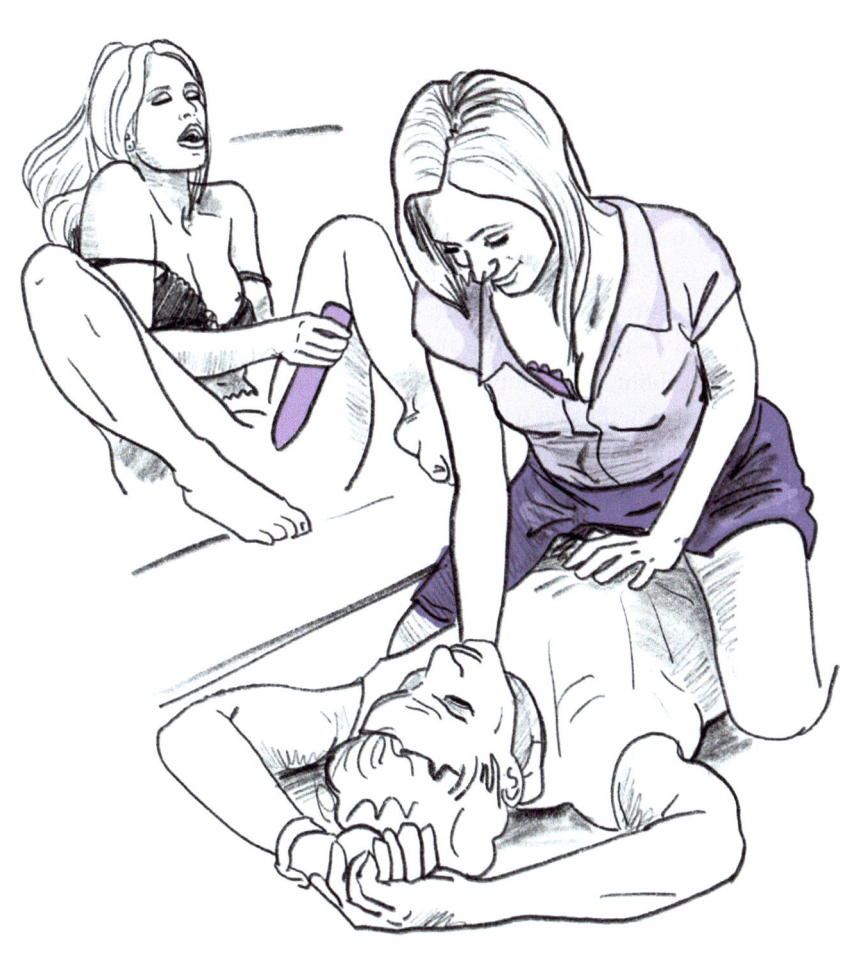

ist das geil", hört man Sven zwischendurch rufen. Auch Sven beginnt nun, sein Tun zu variieren. Erst nimmt er Helena von hinten, dann lässt er seinen Penis in Ingrids Mund verschwinden und dann nimmt er wieder Helena von hinten. Irgendwann im Verlaufe dieses Aktes wechselt Sven die Seite. Nun lässt er sich von Helena einen blasen und dann nimmt er Ingrid von vorne. „Boa, ist das geil", stöhnt Sven. Helena und Ingrid sind schon voll in dem Sexspiel versunken. Sie stöhnen vor Lust, aber bekommen gar nicht mehr alles mit. Ingrid leckt immer noch an Helenas Vagina und holt sich ihren Vibrator wieder. Diesen setzt sie jetzt bei Helena ein. Noch lustvoller stöhnt Helena kurz auf. Und gleich darauf hat sie ihren Höhepunkt. Bei Sven und Ingrid dauert das noch ein wenig. Helena unterstützt die beiden mit ihrer Zunge, ihren Lippen und ihren Händen. Langsam, aber unaufhörlich kommen auch die anderen beiden auf die Zielgerade. Sven erhöht sein Tempo und bleibt in Ingrid. Er stößt und stößt. Ingrid beißt sich schon auf die Lippen. Sie kann es nicht mehr aushalten und dann … dann ist es so weit. Ingrid kommt. Sven hingegen hält sein Tempo bei. Helena massiert nun mit einer Hand seine Eier. Kaum hat sie damit begonnen, holt er seinen Penis heraus und spritzt voll auf Ingrids Bauch. Helena reibt mit ihrer Hand weiter an seinem Penis. „Komm, lass mich alles aus ihm herausholen", flüstert sie. Und tatsächlich. Da kommt noch mehr. Helena nimmt ihre Zunge und leckt an seiner Eichel. Sven zuckt und dann ist sein Höhepunkt vorbei. Helena lässt aber nicht von ihm ab. Genüsslich leckt sie weiter an seinem Penis. „Das war echt fantastisch, ihr beiden." „Das finde ich auch, Sven und Helena." Helena lässt nun von Svens Penis ab. „Ja, ich hab es auch genossen."

Sven legt sich auf das Sofa und Helena und Ingrid kuscheln sich von beiden Seiten an ihn heran. Dann drücken ihm beide gleichzeitig einen Kuss auf die Wange. Sven streichelt derweilen über ihre Köpfe. Sichtlich zufrieden liegen alle drei eine Zeit einfach nur da. Nichts sagend. Immer wieder streichelt entweder Helena oder Ingrid über Svens Brust. „Und da wir drei nun so schön entspannt beieinanderliegen, hätte ich noch einen

Vorschlag für euch. Warum arbeitet ihr nicht einfach zusammen? Das wäre doch deutlich effektiver, als gegeneinander zu arbeiten. Außerdem glaube ich, dass euer Budget reichen wird und wegen der Kampagne macht euch keine Sorgen. Ich bekomme das alles zum vereinbarten Preis hin. Und wenn wir da eure Models etwas einbinden würden, könnte das eine Kampagne werden, die sich gewaschen hat." „Wir werden es uns überlegen. Danke für deine Hilfe. Und Helena … lass es uns so versuchen, wie Sven es vorgeschlagen hat." „Ja, Ingrid. Probieren wir es auf Svens Art und Weise."

Nachdem beide Frauen duschen waren, stehen sie mit Sven noch ein wenig im Flur und unterhalten sich über diesen interessanten Abend. Bevor die beiden Damen gehen, drücken sie Sven zum Abschied nochmal liebevoll und bedanken sich für alles. Sven steht danach noch eine Weile im Flur und freut sich. „War ein gelungener Abend und ich habe für die beiden und für mich etwas getan." Dann beginnt er in sich hineinzulächeln. „Was bin ich nur für ein Glückspilz."

JOANNA

In dieser Entwicklungsphase, in der sich Sven derzeit befindet, hat er auch einmal darüber nachgedacht, Dinge auszuprobieren, die bisher nur in seiner Phantasie stattgefunden haben. Er hat sich des Öfteren gefragt, wie es denn ist, mit einer Frau Zeit zu verbringen, die riesige Brüste hat. Er hat auch schon öfter von Bekannten gehört, dass große Brüste sich gar nicht so gut anfühlen würden. Aber keiner dieser Bekannten hat je eine Frau mit großen Brüsten getroffen. Also alles nur Gerüchte. Sven hat auch Bedenken, dass man sich bei einem Gespräch von einer großen Oberweite wohl nur ablenken lässt. Denn große Brüsten sind ja definitiv ein Blickfang. Also warum nicht mal das Ganze ausprobieren und schauen, ob da wirklich normale Gespräche möglich sind oder ob er dabei nicht doch nur auf die Brüste konzentriert ist. Und vielleicht darf er die Brüste dann auch einmal berühren. Jetzt gibt es nur ein Problem. Wen könnte er da um ein Treffen bitten? Ihm fällt keine Frau, ein die solch eine Oberweite hätte. Naja. Vielleicht kommt das noch. Ein paar Wochen später, als Sven schon gar nicht mehr daran denkt, kommt Joanna in sein Büro. „Hallo, Sven." „Ha... Oha ... Äh ... Hallo, Joanna", verschlägt es ihm die Sprache. „Was ist los, Sven? Hast du eine Minute Zeit?" „Ja klar. Alles gut." Joanna erzählt von dem Auftrag, den sie für ihn hat. Sven wirkt leicht unkonzentriert, da er seinen Blick nicht von ihrem Dekolleté lassen kann. „Also, Sven. Wenn du mir dauernd auf die Brüste starrst, brauchen wir gar nicht über meinen Auftrag reden." „Oh, entschuldige. Ich bin gerade etwas abgelenkt." „Das sehe ich. Kannst du mir erklären, warum? Hast du noch nie Brüste gesehen?" „Doch, doch. Aber noch nie so große. Und wenn ich ehrlich bin, habe ich mir in Gedanken schon oft ausgemalt, dass ich solche Brüste berühre und ertaste, wie sich die so anfühlen." „Echt jetzt?", tut Joanna entrüstet. „Entschuldigung. Das hätte ich nicht sagen dürfen." „Ist schon gut. Ich habe noch nie jemand getroffen, der

mir ehrlich gesagt hat, was er bezüglich meiner Brüste denkt."
„Ehrlich?" „Ja. Ehrlich. Und da wir hier mit der Arbeit momentan keinen Schritt vorwärts kommen, frage ich mich, ob ich dir deine Phantasie nicht einfach erfüllen sollte." „Was?", ist Sven völlig platt. „Ist das dein Ernst?" „Aber sicher doch. Hast du heute Abend schon etwas vor?" „Du meinst es tatsächlich ernst. Ich wollte dich nicht in so eine Situation bringen, Joanna." „Ist schon gut. Du bist doch ein ehrlicher Typ. Also, warum nicht."

Am Abend klingelt es an Svens Türe. Auf Grund der Temperaturen ist Joanna mit einem Mantel bekleidet. Die beiden begrüßen sich herzlich und Sven hilft ihr aus dem Mantel. Darunter trägt sich ein schwarzes, knielanges Kleid. Und nun ist das Dekolleté gut zu sehen. Sven findet diesen Anblick noch schöner als am Vormittag im Büro. Er ist positiv angetan. Er bietet ihr etwas zu trinken an und kurz darauf stoßen sie mit alkoholfreiem Radler an. „Ich hab mir gedacht, dass ich für uns eine kalte Platte herrichte. Ich hoffe, du magst Salat, Wurst und Baguette." „Ja danke. Ich mag das alles." „Wunderbar." Sven macht sich also daran, das Baguette aufzuschneiden, die Wurst auf einem Teller anzurichten und Karotten, Gurken und Paprikaschoten aufzuschneiden. Joanna sieht ihm begeistert zu und macht ihm Komplimente.

Während Sven so am Herrichten für das Abendessen ist, stellt sich Joanna hinter ihn. Sie lässt eine Hand über seinen Rücken bis zum Po gleiten. „Oh! Da hat aber jemand offenbar keine Unterwäsche an. Das macht mich total heiß", haucht sie Sven ins Ohr. „Echt? Das freut mich." Joanna verharrt eine Weile bei Svens Po und knetet diesen ein wenig. Dabei bleibt ihr nicht verborgen, wie ihn das erregt. „Komm leg mal alles beiseite, Sven, und dreh dich um." „Ähm ... ja gerne. Und das Abendessen?" „Kann warten." „Gut. Ok." Sven dreht sich um und Joanna streicht nun über seine Brust bis zu seinem Penis. „Da ist aber jemand schon in freudiger Erwartung auf mehr." „D...das kann ich nicht leugnen." „Willst du meine nackten Brüste sehen und diese berühren?" „Oh ja. Da bin ich schon ganz scharf drauf." Joanna öffnet langsam das Kleid. Dann den BH. Sven staunt nicht schlecht, als die entblößten Brüste nun vor ihm stehen. „Umwerfend." „Na los, berühr sie. Die beißen dich schon nicht." Zögernd greift er zunächst nur mit einer Hand an Joannas Brust. „Die ist ja wahnsinnig groß. Da brauch ich mehr als zwei Hände, um eine Brust umschließen zu können. Und wow. Die sind auch megafest. Und vor allem passen die wirklich toll zu dir. Irgendwie genau richtig für dich." „Danke schön." Obwohl Sven weiß, dass die Brüste durch Silikon so groß geworden sind, empfindet er das nicht als störend. Die fühlen sich auch nicht wirklich künstlich an. Das freut ihn. Da hatte er wohl immer ein falsches Bild von Silikonvergrößerungen im Kopf.

Langsam knöpft Joanna Svens Hemd auf und öffnet seine Hose. Dann geht sie in die Hocke und beginnt, seinen Penis mit dem Mund zu verwöhnen. Als dieser feucht genug ist, lässt sie ihn zwischen ihren Brüsten hin und her gleiten. Sven ist hin und weg. Das ist ein absolut geiles Gefühl. Er fängt mit langsamen Stoßbewegungen an. Sein Tempo variiert er so, dass seine Erregung immer größer werden kann. Dann hilft er Joanna auf. Dabei lässt sie ihr Kleid zu Boden gleiten. Sie beugt sich vornüber und Sven lässt seinen Penis in ihre Vagina gleiten. Während er so Sex mit ihr hat, streichelt er mit seinen Händen über ihren Rücken und die Pobacken. „Das ist total genial. Du bist der absolute Wahnsinn", hört man Sven. Joanna genießt dies derweilen in vollen Zügen. Als Sven aufhört, setzt sie sich kurzerhand auf den Küchentisch. Nun dringt er von vorne in sie ein und kann auch noch mit ihren großen Brüsten spielen. Beide sind nun so in Fahrt, dass sie sich unausweichlich ihrem Höhepunkt nähern. Sven wird schneller und schneller und Joanna animiert ihn weiterzumachen. Und dann ist es so weit. Sie erleben ihren Orgasmus gleichzeitig. „Boa. Toll." „Find ich auch." Sie umarmen und küssen sich. Anschließend verschwindet Joanna kurz im Badezimmer. Als sie zurückkommt, trägt sie wieder das tolle Kleid. Sven hat derweilen sein Hemd und seine Hose wieder angezogen und das Abendessen fertig hergerichtet.

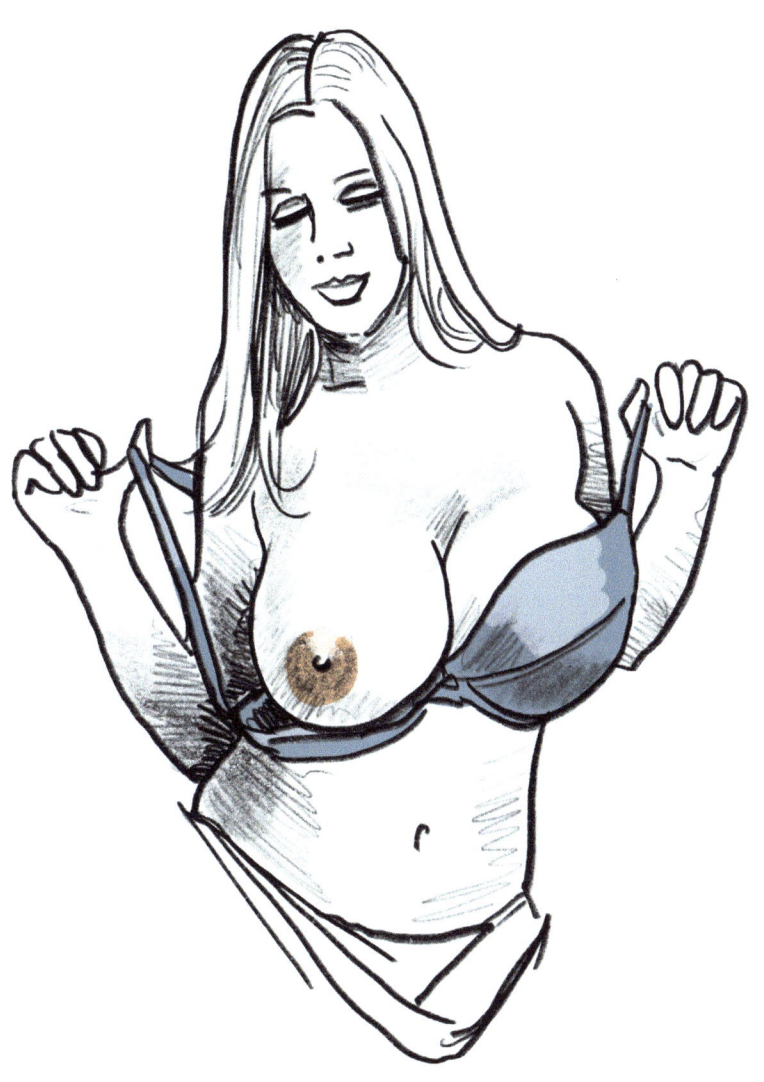

Kurz darauf sitzen sie im Wohnzimmer bei Essen und Trinken. Sven ist neugierig und Joanna erzählt von ein paar Erfahrungen, die sie wegen ihrer Brüste gemacht hat. Doch sie wechselt dann relativ zügig das Thema und es geht um Dinge, die sie gerne essen, und Urlaubserlebnisse. Bei angeregter Unterhaltung und gutem Essen vergeht die Zeit auf angenehme Weise. Sven räumt ab und als er wieder zurückkommt, sitzt Joanna mit ausgestreckten Beinen auf dem Sofa. Da dies ein so toller Anblick ist, kann er sich einfach nicht zurückhalten. Er krabbelt auf sie zu und beginnt, sie zu küssen. „Darf ich deine Nachspeise sein?", flüstert ihm Joanna zu. Sven antwortet gar nicht erst. Er beginnt einfach damit seine „Nachspeise" zärtlich zum „Verzehr" vorzubereiten. Sanft streicht er über ihre Brüste bis hinunter zum Bauchnabel. Dann wandern seine Hände weiter über die Beine bis zu den Zehen. Dort hält er kurz inne und spielt mit diesen. Anschließend geht es denselben Weg zurück. „Das fühlt sich sehr gut an. Kannst du bitte weitermachen?" „Sehr gerne sogar." Joanna rutscht auf dem Sofa ein wenig nach unten, so dass sie nun auf dem Rücken liegen kann. Sven streichelt sie weiterhin sanft am ganzen Körper. Eine Stelle hat er bislang immer ausgelassen. Daher nähert er sich nun auch endlich dem Schambereich. Er streift Joanna das Höschen hinunter und lässt seine Hände sanft über den kompletten Intimbereich gleiten. Als er ein leichtes Vibrieren der Schamlippen spüren kann, begibt er sich mit seinen Lippen und seiner Zunge auf Entdeckungsreise. Zärtlich küssend bewegt er sich von außen nach innen, also über Schamlippen in Richtung Klitoris. Nach dem Küssen dasselbe nochmals mit der Zunge. Es ist für Sven kaum zu übersehen, dass sein Vorgehen bei Joanna auf Wohlgefallen trifft. Sie entledigt sich nun des Kleides und spreizt ein wenig die Beine. Dieser Einladung folgt Sven gerne. Er zieht sich ebenfalls aus und dringt vorsichtig in sie ein. Joanna umschlingt seine Hüften mit ihren Beinen und treibt ihn zu intensivem Sex an. Sven stößt im Rhythmus der Beinbewegungen von Joanna zu.

Seine Augen können sich kaum von ihren Brüsten abwenden. Diese liegen nämlich in voller Pracht vor ihm. So einladend wie diese aussehen, muss er einfach zugreifen. Svens Finger umkreisen

Joannas Brustwarzen und gleiten über ihre Brüste. Immer wieder versucht er, diese ein wenig zu kneten. Da sie aber sehr fest sind, funktioniert das nicht wirklich gut. Je länger er die tollen Brüste im Blick hat, desto mehr hat er Lust auf Busensex. Daher zögert er auch nicht lange. Er löst sich aus der Beinumklammerung und schiebt seinen Penis zwischen Joannas Brüste. Joanna hält ihre Brüste an der Seite mit den Händen, so dass genug Reibung für Svens Penis entsteht. Dieser stößt in wechselndem Tempo immer wieder zu. Oben kommt dann immer wieder die Eichel zum Vorschein. Joanna sieht das und versucht, diese mit ihrer Zunge zu erreichen. Da das nicht auf Anhieb gelingt, rutscht Sven ein klein wenig höher. Nun kann Joannas Zunge mit der immer wieder auftauchenden Eichel spielen. Sie beugt ihren Kopf weiter zur Brust, so dass Svens Penis auch immer wieder einmal in ihren Mund eindringen kann. Sven erhöht sein Tempo und ergreift nun selber Joannas Brüste. Er animiert sie, dass sie mit ihren Händen seinen Po packt, diesen streichelt und knetet. Sie tut das gern für ihn, was ihn noch stärker erregt als gedacht. Die Spannung steigt weiter und weiter und er nähert sich in rasantem Tempo seinem Höhepunkt. Kurz davor hört er auf, Joanna setzt sich hin und sein Sperma ergießt sich über ihre Brüste. Glücklich schnauft Sven durch. Auch Joanna macht einen zufriedenen Eindruck. „Ich hätte nie gedacht, dass Busensex so erregend und prickelnd sein kann", meint Sven. „Das freut mich, dass er dir so gefallen hat. Und danke, ich hatte auch meinen Spaß dabei."

Sven und Joanna reden noch ein Weile über ihre Brüste und dass er sich nie hätte vorstellen können, dass diese beim Sex wirklich genial sind. Auch wird darüber gesprochen, dass diese sich total echt anfühlen und man das Silikon gar nicht ertasten kann. Später an diesem Abend verabschieden sie sich mit einer herzlichen Umarmung. Sven freut sich, wieder um eine Erfahrung reicher zu sein. „Ich komme dann morgen wieder zu dir ins Büro und hoffe, dass du dann bei der Sache bist, wenn wir über die Arbeit reden." „Ja, selbstverständlich. Ich bemühe mich." „Gut. Das genügt mir vorerst als Aussage." Und dann verschwindet Joanna. Glücklich und zufrieden, huscht Sven ein Lächeln über sein Gesicht.

KATHARINA UND LUDMILLA

Sven hat einen Schulfreund, der erotische Bilder macht. Dieser kam vor ein paar Jahren auf Sven zu und wollte, dass er hierfür ein paar Geschichten erfindet. Da er als Grafiker auch immer wieder einmal Texte verfassen muss, hatte er sich damals bereit erklärt und einige Geschichten geschrieben. Sein Schulfreund hat sich sehr darüber gefreut und gemeinsam haben sie dann das Buch veröffentlicht. Heute denkt Sven gar nicht mehr daran. Es ist ihm entfallen.

An einem Samstag klingelt es an der Türe. Sven öffnet und ist völlig überrascht. Zwei ehemalige Mitschülerinnen stehen vor seiner Tür. Katharina und Ludmilla. Beide tragen einen Hosenrock samt Bluse, Mantel und Pumps. Ihre Haare haben sie zu einem Pferdeschwanz gebunden. Es macht fast den Eindruck, als ob sie sich abgesprochen hätten. „Katharina. Ludmilla. Was macht ihr denn hier? Das ist aber eine Überraschung." „Dann ist uns unsere Überraschung also gelungen?", erwidert Ludmilla. „Ja, total. Kommt doch herein." Sie begrüßen sich herzlich mit Küsschen links und Küsschen rechts. Dann entledigen sie sich ihrer Pumps und stehen nun barfuß in seinem Flur. Sven als Kavalier hilft beiden aus dem Mantel und hängt diese an seine Garderobe. Dann bittet er beide ins Wohnzimmer und bietet etwas zu trinken an. Als sie alle drei auf dem Sofa sitzen, fragt Sven nochmals nach: „Was hat euch denn hierher zu mir geführt?" „Ach, Sven", erwidert Katharina. „Wir haben beide deinen Roman ‚Svens erotische Abenteuer' gelesen und wollten mal mit dir darüber reden." „Ja, das stimmt", ergänzt Ludmilla. „Wir würden gerne erfahren, wie du auf die Idee gekommen bist, so ein Buch zu schreiben. Vor allem, woher du die ganzen Ideen für die einzelnen Geschichten hast und vieles mehr." Sven ist total fasziniert. „Ach, das ist doch schon lange her. Hab ich ehrlich gesagt auch schon wieder vergessen. Ich wusste gar nicht, dass ihr solche Bücher lest." „Dabei geht es nicht um ‚solche' Bücher, Sven.

Wir haben es gelesen, weil du es geschrieben hast. Na los, erzähl schon. Wie kommt man denn auf so eine Idee?", hakt Katharina nach. „Also gut." Und Sven erzählt den beiden, wie sich das mit diesem Buch so ergeben hat. Woher er die Ideen für die einzelnen Geschichten hatte und was die beiden sonst noch so alles wissen wollen. „Aber eines interessiert mich noch. Und wie hast du den Umfang des Buches festgelegt?", will Ludmilla noch wissen. „Ähm. Das war relativ einfach. Ich habe mir vorgestellt, dass ich zu jedem Buchstaben im Alphabet einen Frauennamen finden werde. Da es aber nicht für 26 Geschichten Bilder gab und auch auf ein paar Bildern mehrere Frauen waren, hat sich der Umfang des Buches relativ schnell gefunden." Katharina und Ludmilla schwärmen total von dem Buch. „Seid ihr nur gekommen, um mich zu meinem Buch auszufragen? Oder wolltet ihr ein Autogramm auf diesen Bestseller haben?" „Nö, nicht wirklich", kommt es von den Mädels zurück. „Wir wollten dich eigentlich überfallen und mit dir eine Geschichte aus deinem Buch in die Tat umsetzen." „Ernsthaft? Meint ihr, dass das eine gute Idee ist?" „Ja, das meinen wir." Da bleibt Sven der Mund offen stehen. Doch er hat offenbar keine Wahl. Die beiden Schulfreundinnen bezirzen ihn so sehr, dass er schließlich einwilligt.

Katharina und Ludmilla bitten Sven, auf dem Sofahocker Platz zu nehmen. Als er dort sitzt, beginnen die beiden, sich gegenseitig langsam auszuziehen. Dabei küssen sie sich und streicheln sich gegenseitig über die Brüste bis hinab in den Schambereich. Bei diesem Anblick muss sich Sven beherrschen, um nicht einfach über die beiden herzufallen. Als die Stimmung genug angeheizt ist, treten beide zu Sven heran und helfen ihm aus seinen Klamotten. Anschließend verbinden sie ihm die Augen. Da er nichts mehr sehen kann, weiß er auch nicht, welche der beiden Damen nun vor ihm steht. Auf jeden Fall werden seine Hände genommen und auf zwei superweiche Brüste gelegt. Er beginnt damit, diese zu kneten, sie zu küssen und mit seiner Zunge an den Brustwarzen zu spielen. Währenddessen zieht sich die andere ihren Strapon an und tritt hinter Sven. Anfangs streichelt sie über seinen Rücken und küsst diesen auch. Ihre Hände wandern immer weiter nach unten und kneten schließlich liebevoll Svens Po. Plötzlich spürt er etwas und ehe er sich versieht, wird ihm der Umschnalldildo langsam, aber zielstrebig in seinen After eingeführt. Sven ist total perplex, aber positiv angetan. Jetzt werden seine Hände genommen und hinter dem Rücken der Dame hinter ihm zusammengekettet. Dadurch steht diese so nah an ihm, dass er ihre Brüste spüren kann. Sven wird dazu gebracht, sich hinzusetzen. Der Dildo steckt immer noch ihn ihm und die Dame führt leichte Stoßbewegungen aus. Außerdem greift sie um ihn herum an seinen Penis und beginnt, diesen zu massieren. Die andere Dame nimmt ihm jetzt seine Augenbinde ab. Er erblickt Ludmilla. Somit kann er Katharinas große Brüste auf seinem Rücken spüren.

Während ihn also Katharina von hinten versorgt und seinen Penis stimuliert, kniet sich Ludmilla rücklings vor ihn hin. Dann beginnt sie, seinen Penis zwischen ihren Füßen zu reiben. Katharina hilft da etwas mit. Sven beugt sich leicht nach vorne, um Ludmillas Po zu küssen. Zunächst bewegt Ludmilla ihre Füße langsam und wird dann aber immer schneller. Svens Erregung steigt weiter und weiter. Nun wird er von zwei Seiten bedient. Sowohl sein Penis als auch anal. Das ist ein Wahnsinnsgefühl. Nach einer Weile dreht sich Ludmilla um und beginnt, mit ihrer Zunge an seiner Eichel zu spielen. Mal wird der ganze Penis abgeleckt. Mal lediglich die Penisspitze. Katharina ist unentwegt dabei, Svens Penis zu stimulieren. Seine Erregung steigt ins Unermessliche. Es ist ihm anzusehen, dass ihm das sehr gefällt. Als Ludmilla seinen Penis in den Mund nimmt, merkt sie schon, dass der Höhepunkt kurz bevorsteht. Die beiden Damen stimulieren Sven noch intensiver und dann ist es so weit. Sein Sperma ergießt sich zunächst in Ludmillas Mund und dann über ihr Gesicht. Sichtlich erleichtert, atmet Sven tief durch.

Seine beiden Schulfreundinnen sind aber noch nicht fertig mit ihm. Ludmilla macht den Anfnagund lässt seinen Penis in sich eindringen. Dann reitet sie auf ihm, während sie ihn küsst oder er ihre Brüste küssen darf. So versetzt sich Ludmilla immer

weiter selber in Ekstase. Doch sie hört plötzlich auf und Katharina ist dran. Nun werden Svens Hände hinter Ludmillas Rücken gefesselt und Katharina führt seinen Penis in ihren Anus ein. Auch sie ist ganz versessen darauf, ihn auf diese Weise zu reiten. Lustvoll bewegt sie sich sehr rhythmisch auf seinem Penis auf und ab. Auch sie hat nun voll Bock darauf, ihn zu küssen und ihm ihre Brüste zum Küssen hinzugeben. Sven ist darüber hoch erfreut und macht sehr gerne dabei mit. Katharina wird immer schneller und es scheint, als dass sie sich auch auf einen Orgasmus zubewegt. Doch auch sie hört plötzlich auf.

Sven wird von den Fesseln befreit. Die drei begeben sich nun auf das Sofa. Ludmilla liegt auf dem Rücken und Sven ist über ihr. Während sie seinen Penis liebkost, beginnt er, ihre Schamlippen zu küssen. Auch Katharina gesellt sich dazu und beginnt ihrerseits, Ludmillas Vagina zu liebkosen. Ludmilla kümmert sich derweilen sehr liebevoll um Svens Penis. Er wird geküsst und ab und an in den Mund genommen. Sven und Katharina unternehmen alles mit ihren Küssen und Zungen und bringen Ludmilla dazu, sich in voller Fahrt auf ihren Höhepunkt zuzubewegen. Deutlich sichtbar beginnt Ludmilla vor Erregung damit, im Gleichklang mit den Bewegungen der anderen beiden mitzugehen. Immer intensiver spürt sie nun alles und dann ist auch sie zu ihrem Orgasmus gelangt.

Jetzt ist Katharina an der Reihe. Ludmilla schnallt sich den Strapon um und legt sich auf den Rücken. Katharina setzt sich darauf und beginnt ihn zu reiten. Immer wieder beugt sie sich zu Ludmilla nach unten, um sie zu küssen. Sven sieht kurze Zeit gespannt zu. Dann begibt er sich hinter Katharina und führt seinen Penis in ihren Anus ein. Katharina gefällt das. Sie bewegt sich ein wenig schneller und Sven stößt immer schneller zu. Katharina ist nun voll in Fahrt. Sie richtet sich ein wenig auf und lehnt sich mit ihrem Rücken gegen Svens Brust. Dieser nutzt die Gelegenheit, um sie zu küssen und ihre Brüste zu streicheln und zu massieren. Unaufhörlich führt er aber weiterhin seine Stoßbewegungen aus. Katharina kann fast nicht mehr und steht kurz vor ihrem Orgasmus. Auch Ludmilla hilft nun mit ein paar

Stoßbewegungen nach. Damit ist es um Katharina geschehen. Sven wird noch schneller und Katharina erlebt ihren eigenen Orgasmus und fast zeitgleich auch noch einen Höhepunkt von Sven.

„Ihr beiden seid total verrückt. Niemals hätte ich gedacht, dass sich eine meiner Geschichten so toll anfühlen würde. Bisher waren das ausschließlich meine Phantasien die ich für das Buch zu Papier gebracht habe." „Na, dann siehst du mal, Sven, wie geil deine Phantasien sind", erwidern Ludmilla und Katharina. Sie unterhalten sich noch eine geraume Zeit über diese und auch andere Phantasien. Und so geht leider auch dieses Überraschungstreffen zu Ende. Für Sven ist es allerdings kein Leider. Er ist mächtig stolz, dass man seine Phantasien auch tatsächlich so erleben kann.

MONIKA

Sven hat sich nach seinen bisherigen Abenteuern ein paar Gedanken gemacht. Er ist schon auf einem guten Weg. Nun möchte er noch eine weitere seiner Phantasien in die Tat umsetzen.
Er würde gerne einmal das prickelnde Erlebnis verspüren und
heimlich Sex haben, während andere Personen im selben Raum
anwesend sind. Nun ist das bei ihm zu Hause etwas schwierig,
da er sonst seine Freunde in alles einweihen müsste. Also glaubt
er, dass sich das in einem Restaurant arrangieren ließe. Sie dürf-
ten jedoch nicht erwischt werden, weil Sex in der Öffentlichkeit
nicht gerade ein Kavaliersdelikt ist. Sven kennt ein Restaurant,
wo dies leicht machbar sein dürfte, da jemand in seinem Kun-
denkreis glücklicherweise eine Pizzeria hat. Dort gibt es auch
einen halbwegs abgetrennten Nebenraum. Also die Türe kann
zwar nicht geschlossen werden, aber es ist so eine Art Separee.
Spontan fällt ihm Monika ein. Sie hat ihm mal erzählt, dass sie
viele aufregende Dinge schon gemacht hat und sich jedes Mal
wieder freut, etwas noch Aufregenderes zu tun. Sven greift zu
seinem Telefon und ruft sie an.

Er nimmt all seinen Mut zusammen und fragt direkt: „Ähm, Monika. Weswegen ich anrufe. Ich
wollte dich fragen, ob du Lust auf
ein verrücktes Abenteuer hättest?"
„Kommt darauf an, Sven. Ist da
Spannung und Nervenkitzel dabei?" „Unbedingt." „Und an was
hast du so gedacht?" „Ähm. Naja.
Ich entschuldige mich schon mal
im Vornherein, falls ich dir da jetzt
zu nahe trete." „Komm, mach es nicht
so spannend. Raus mit der Sprache." „Also gut. Ich hätte gerne
Sex in einem Restaurant." Stille. Plötzlich ist alles still. Dann hört

man Monika lauthals loslachen. „Cool. Und davor hattest du jetzt Angst, es zu sagen?" „Ja, schon ein wenig." „Sven. Das ist wirklich eine schöne Idee. Und auch wenn du es nicht glaubst, ich bin dabei." „Ehrlich?" „Ja. Ehrlich. Aber nur, weil du so ein netter, sympathischer Kerl bist." „Danke, Monika. Das freut mich total." Das Telefonat geht noch eine Weile und sie verabreden sich. Sven reserviert in der Pizzeria den Tisch, der ihm vorschwebte.

Sven ist ein wenig aufgeregt, als er zum vereinbarten Termin in der Pizzeria auftaucht. Er ist als Erster dort und sitzt schon alleine am Tisch, als kurz darauf eine Blondine zu ihm an den Platz geführt wird. „Monika!" „Hallo, Sven." Er steht auf, nimmt sie zur Begrüßung in den Arm und hilft ihr dann, den Mantel abzulegen. Darunter trägt sie ein schwarzes Cocktailkleid und passende schwarze Pumps dazu. „Gut schaust du aus", sagt er, während er ihr den Stuhl zum Platznehmen hält. Monika bedankt und setzt sich. Kaum sitzt auch Sven wieder am Tisch, kommt die Bedienung, bringt die Speisekarte und nimmt die Bestellung der Getränke entgegen. „Kannst du mir hier etwas zum Essen empfehlen Sven?" „Ja kann ich. Am liebsten esse ich hier immer Lasagne. Das ist meines Erachtens die beste der Stadt." „Oh. Das klingt hervorragend. Dann, glaube ich, sollte ich diese tolle Lasagne auch einmal probieren." „Das solltest du wirklich, Monika." Als die Bedienung ihre Getränke bringt – beide haben ein Glas Wasser bestellt –, nimmt sie auch gleich die Bestellung entgegen. Bis die Lasagne serviert wird, unterhalten sich Sven und Monika recht angeregt über das Wetter und das Zeitgeschehen. Etwa zehn Minuten später steht die Lasagne auf dem Tisch. „Jetzt bin ich aber gespannt, wie die schmeckt." „Dann hoffe ich mal, dass ich nicht zu viel versprochen habe." Monika nimmt einen Löffel voll, pustet und kostet. „Wow. Die ist ja noch besser, als du gesagt hast." Sven grinst. Nun lässt auch er es sich schmecken.

Sven ist noch nicht ganz mit Essen fertig, da spürt er plötzlich etwas. Monikas Fuß gleitet an seinem Bein hoch und landet vor seinem Penis. Völlig überrascht legt er kurz sein Besteck aus der Hand. Davon unbeirrt, beginnt Monika, seinen Penis zu stimulieren. Sven schaut nach unten. Gott sei Dank ist die Tischdecke so lang, dass man dies von außen nicht sehen kann. Gerade als er sein Besteck wieder in die Hand nimmt, spürt er auch den zweiten Fuß von Monika an seinem Oberschenkel entlanggleiten. „Und? Wie gefällt dir das?" „Das ist super." „Soll ich weitermachen?" „Unbedingt." „Dann hol ihn doch bitte aus der Hose raus." Obwohl er sich das eigentlich genau so erträumt hat, fragt er: „Wirklich?" „Wolltest du das denn nicht so haben?" „Oh ja. Unbedingt. Das ist aber nun doch ein größerer Nervenkitzel, als ich gedacht habe." „Wir können auch aufhören, wenn du das möchtest." Aber nein. Das will Sven auch nicht. Er fährt also mit seinen Händen unter die Tischdecke, öffnet den Reißverschluss der Hose und holt seinen mittlerweile steifen Penis heraus. „Ich verwöhne dein bestes Stück ein klein wenig. Du kannst inzwischen fertig essen."

Ob er das wirklich kann? Sven zweifelt ein wenig. Aber er tut es dann doch. Monikas Füße und Zehen beginnen, Svens Penis zu umschließen und zu reiben. Mal gleiten die Zehen über seinen Penis und mal wird dieser zwischen den Füßen gerieben. Sven findet das total super. Das ist wirklich aufregend. „Ups. Nun ist mir meine Serviette hinuntergefallen. Ich heb sie schnell auf." Monikas Füße lassen von Svens Penis ab. Sie schiebt ihren Stuhl ein wenig zurück und bückt sich. Sven sieht sie nur hinter dem Tisch verschwinden. Gerade als er sein letztes Stück Lasagne in den Mund geschoben hat, wird auch sein Penis in einen Mund geschoben und zwar in den von Monika. Sven muss sich sehr beherrschen, dass er sich nicht verschluckt. Damit hatte er jetzt nicht gerechnet.

Monika beginnt, ihm einen zu blasen. Sie leckt mit ihrer Zunge über seine Eichel und dann den kompletten Penis. Dann nimmt sie diesen in den Mund. Sie lässt ihn komplett in ihrem Mund verschwinden. Danach macht sie es ihm mit der Hand, während sie seine Eier leckt. Sven hat Mühe, sich von all dem nichts anmerken zu lassen. Zu allem Überfluss kommt nun auch die Bedienung und fängt mit ihm zu reden an: „Hätten Sie gerne noch eine Nachspeise? Kaffee, Cappuccino, Espresso?" „Ähm. Danke. Ich … äh … bitte bringen Sie ein Tiramisu mit Besteck für zwei und zwei Cappuccino." Die Bedienung bedankt sich, nimmt das Geschirr mit und geht. Monika treibt es unter dem Tisch nun immer bunter. Sven kocht förmlich vor Erregung. Dennoch muss er so unauffällig wie möglich am Tisch sitzen. Svens Anspannung wächst. Sein Höhepunkt kommt immer näher. Monika zieht alle Register und stimuliert seinen Penis bzw. seine Eichel weiter und weiter mit ihrer Zunge. Jetzt kann sich Sven nicht mehr zurückhalten und sein Sperma landet in Monikas Mund. Sie hört aber immer noch nicht auf. Ganz im Gegenteil. Sie saugt immer weiter, bis auch der letzte Tropfen Sperma aufgenommen ist. Danach verstaut sie den Penis wieder in Svens Hose und schließt den Reißverschluss. Monika kommt unter dem Tisch hervorgekrochen und kaum sitzt sie wieder auf ihrem Stuhl, wird auch schon die Nachspeise serviert. „Und?

Hat das deinen Vorstellungen entsprochen?" „Nein", antwortet Sven. „Das war viel besser. So geil hätte ich mir das nie vorstellen können." „Das freut mich."

Nun genießen die beiden noch den Cappuccino und das leckere Tiramisu. Nebenbei führen sie noch eine entspannte Unterhaltung. Nachdem Sven dann bezahlt hat und der nette Abend endet, hilft Sven Monika wieder in ihren Mantel. Sie verabschieden sich mit einer Umarmung und einem Kuss auf die Wange und verlassen gemeinsam das Restaurant. Draußen drücken sie sich nochmals recht herzlich und gehen ihrer Wege. Glücklich und zufrieden, seine Phantasie in die Realität umgesetzt zu haben, fährt Sven wieder nach Hause.

NICKI

Sven träumt davon, dass wieder einmal eine Frau bei ihm übernachtet. Das letzte Mal ist schon viele Jahre her. Wie er das jedoch hinbekommen soll, ist ihm unklar. Deshalb lässt er diesen Wunsch vorerst unberücksichtigt. Wie es der Zufall so will, sitzt ein paar Tage später Nicki bei ihm im Büro. Sie reden über die Bilder für eine Werbekampagne einer Büroartikelfirma. Sie tauschen sich anfangs über viele Fragen zu der Kampagne aus. Doch mitten im Gespräch beginnt Nicki plötzlich zu weinen. Auf Svens Nachfrage stellt sich heraus, dass es in Nickis Büro zu einigen Querelen gekommen ist und sie nun ganz schön unter Druck steht. Und wie es für Sven aussieht, ist sie diesem Druck nicht gewachsen. Er versucht, sie zu trösten, doch seine Worte vermögen das nicht. Also steht Sven auf, geht zu Nicki, breitet die Arme aus und bietet ihr somit an, sie mit einer freundschaftlichen Umarmung zu trösten. Nicki springt auf und fällt ihm um den Hals. Es dauert ein wenig, bis sie sich wieder beruhigt hat. Dann beginnt sie zu erzählen, was alles in ihrem Büro los ist. Daraufhin bietet Sven ihr an, sie zum Abendessen einzuladen. Dadurch hofft er, sie auf andere, schönere Gedanken zu bringen. Dieser Verlockung kann Nicki nicht widerstehen. Sie bedankt sich und freut sich darauf, etwas Ablenkung von dem ganzen Stress zu bekommen.

Pünktlich um 20 Uhr klingelt Nicki am darauffolgenden Samstag bei Sven. Zur Begrüßung gibt es eine kleine Umarmung. Danach nimmt er ihr ihre große Handtasche ab und hilft ihr aus dem Mantel. „Darf ich dir als Willkommenstrunk einen Aperitif anbieten?" „Ja, gerne." Sven schenkt ihnen beiden einen Limoncello ein. „Auf einen wunderschönen Abend." Beide trinken das Gläschen leer. Anschließend nimmt Sven Nicki mit in die Küche. „Würdest du mich beim Kochen ein wenig unterhalten?" „Natürlich. Was gibt es denn Gutes?" „Ich mache Spaghetti mit Zucchini-Gemüse-Soße. Und als Nachspeise würde ich noch ein Schokoladenmousse zubereiten." „Das klingt vorzüglich." Während Sven sich daran macht, besagtes Gericht zuzubereiten, wird er von Nicki über seine Kochkünste, Lieblingsrezepte und so weiter ausgefragt. „Darf ich dir bei irgendetwas helfen?" „Wenn du willst, kannst du die Schokoladenmousse zubereiten." „Ist das schwierig?" „Nein, gar nicht. Es steht alles genau auf der Packung." Und so bringt sich Nicki auch ein wenig ein, um nicht nur die Unterhalterin zu sein. Beide haben viel Spaß und die Zeit vergeht wie im Flug. Schon ist alles fertig. Die Mousse steht im Kühlschrank und das Abendessen ist servierbereit.

Sven bittet Nicki, im Wohnzimmer am Tisch Platz zu nehmen, während er die Spaghetti und die Soße in der Küche auf den Tellern anrichtet und dann auf den liebevoll dekorierten Tisch stellt. Während sie sich das Essen schmecken lassen, unterhalten sie sich über ihre Hobbys und darüber, welche Musik sie gerne hören. Wie Sven feststellt, liebt Nicki Schmusesongs, so wie er. Also steht er auf, holt sein Tablet, sucht sich ein paar Kuschelrock-CDs heraus und drückt auf Play. Dann setzt er sich wieder und beide genießen die musikalische Umrahmung ihres Dinners.

Nachdem beide fertig gegessen haben, räumt Sven den Tisch ab. Danach bittet er Nicki zu sich auf das Sofa. Es entsteht eine prickelnde Spannung. Kurzentschlossen beginnt er, Nicki passend zu den Schmusesongs zu streicheln und zu küssen. Sie erwidert dies. Während sie sich weiter liebkosen, helfen sie sich gegenseitig aus ihren Klamotten. Als sie dann beide splitterfasernackt sind, legt sich Nicki auf den Rücken und schaut Sven so an, als wolle sie sagen: „Komm, ich will dich. Worauf wartest du?" Sven küsst und streichelt sie von Kopf bis Fuß. Nicki dauert dies zu lange. Deswegen haucht sie ihm ins Ohr: „Nimm mich jetzt. Ich bin bereit für dich." Sie spreizt ihre Beine und er dringt vorsichtig in sie ein. Sven beugt sich zu ihr hinunter, damit er sie beim Geschlechtsverkehr weiterhin küssen kann. Nicki grabscht nach seinem Po und treibt ihn bei seinen Bewegungen an, um diese noch intensiver zu machen. Sven merkt, wie

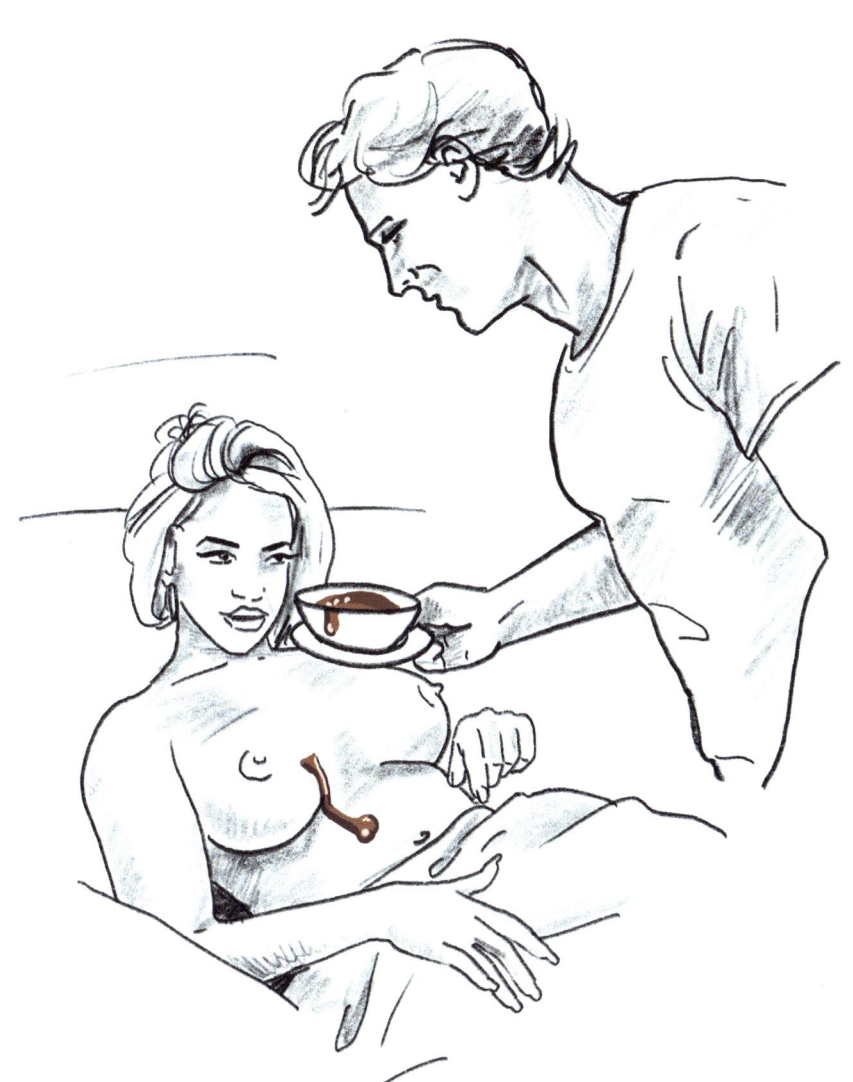

sie ihrem Höhepunkt immer näher kommt. Deswegen leitet er einen Stellungswechsel ein. Sie kniet sich vor ihn und er nimmt sie jetzt von hinten. Lustvoll geht es weiter und Nicki treibt ihn an, sich schneller zu bewegen. Jetzt nähert sich auch Sven seinem Höhepunkt. Schnell wechselt er wieder die Stellung. Dieses Mal legt er sich auf den Rücken und Nicki setzt sich auf ihn drauf. Jetzt kann Nicki selber das Tempo bestimmen. Sven schaut sie von unten an und ist völlig fasziniert, wie ihre Brüste sich im Rhythmus ihrer Bewegungen wiegen. Er greift zu und hält sie fest, massiert und drückt sie. Nicki erhöht das Tempo. Sven nähert sich seinem Höhepunkt und dieses Mal kann er keine Stellung wechseln. Nicki lässt das nämlich nicht zu. Sie wird schneller und schneller. Sven kann es nicht mehr zurückhalten und hat nun seinen Orgasmus. Nicki hört jedoch noch nicht auf, denn auch sie ist fast so weit. Sven kann nicht mehr. Doch er gibt alles. Nicki kommt ein kurzer, spitzer Seufzer über die Lippen. Dann ist es auch bei ihr geschehen. Sie hat ihren Orgasmus gehabt und stoppt langsam auslaufend ihre reitenden Bewegungen. Während sie so noch eine Weile auf Sven sitzt, lässt sie ihre Hände sanft über seinen Oberkörper streichen. Dann steigt sie von ihm herunter und kuschelt sich in seine Arme. Sven greift nach einer herumliegenden Decke, mit der er sie beide zudeckt.

Als beide mit einem rundum zufriedenen Gesichtsausdruck so eingekuschelt daliegen, fällt Sven die Nachspeise ein. „Du, Nicki. Die Schokoladenmousse müsste nun eigentlich fest sein. Hast du Lust auf eine Nachspeise?" „Ja, hab ich, aber lass uns doch noch ein, zwei Minuten hier liegen, bevor du sie holst." Diesen Wunsch erfüllt Sven Nicki natürlich sehr gerne. So liegen beide weiterhin auf dem Sofa, bevor Sven dann doch aufsteht um die Nachspeise zu holen. Ein Schälchen gibt er Nicki und setzt sich dann wieder zu ihr. Scheinbar etwas ungeschickt kleckert er dabei etwas Mousse auf Nicki. Es läuft ihr über die Brust und landet im Bauchnabel. „Ups." „Kann es sein, dass du das absichtlich gemacht hast?" „Nö. Wie kommst du denn darauf?", sagt Sven und kann sich sein Grinsen kaum verkneifen. „Hab dich schon durchschaut." „Ok. Ich gebe es zu. Ich habe mir so einen Grund geschaffen dich zu ‚verspeisen'" „Hab ich's doch gewusst", sagt Nicki grinsend. „Dann komm her und koste mal." Sven beugt sich zu Nicki vor und leckt die Mousse auf. „Echt lecker. Davon könnte ich noch mehr vertragen." „Das kannst du haben. Allerdings möchte ich dann dasselbe bei dir tun." „Einverstanden." Nicki verteilt etwas Mousse auf ihren Brüsten und Sven leckt alles fein säuberlich ab. Sobald er das letzte bisschen aufgeschleckt hat, wechseln die beiden. Sie verteilen etwas Schokoladenmousse auf Svens Brust und Nicki macht sich darüber her. „Du hattest Recht. Das ist tatsächlich voll lecker." Nicki ist kaum fertig, schon äußert Sven eine neue Idee: „Lass uns doch etwas Verrücktes tun." „Ich bin für alle Schandtaten bereit." „Sehr gut. Dann lege dich auf den Rücken und genieße, was kommt." Gesagt, getan. Nicki legt sich auf den Rücken und Sven verteilt etwas von der Mousse auf Nickis Intimbereich. Anschließend beginnt er damit, es vorsichtig aufzulecken. Dabei kommt er unweigerlich auch an ihrem Kitzler vorbei. Nicki genießt das und kommt nochmals in eine tolle prickelnde Stimmung. Ihre Erregung wächst langsam. Sven lässt sich Zeit und kostet diese orale Liebkosung voll aus. Nicki entspannt dabei immer mehr und ihre Lust steigt unaufhörlich weiter. Langsam, aber sicher bewegt sie sich auf einen Höhepunkt zu. Sven spürt ihre Erregung und gibt alles. Er küsst und leckt. Auch seine Finger sind an all den Liebkosungen beteiligt. Nicki kann nicht mehr warten und lässt ihrem Höhepunkt freien Lauf. „Wahnsinn! Das war total geil!", gibt sie erschöpft von sich. „Jetzt würde ich mich aber gerne bei dir revanchieren." „Oh, das ist nett. Dann lass dich nicht aufhalten." Nun legt sich Sven auf den Rücken. Nicki streicht seinen Penis mit der restlichen Mousse ein. Dann beginnt sie ihrerseits, die Mousse mit ihrer Zunge abzuschlecken. Dabei wandert sie über den Penis zum Hoden und zurück. Das macht sie in einem so langsamen Tempo, dass sie dabei beobachten kann, wie sein Penis zur vollen Größe anschwillt. In diesem Zustand lässt sie ihn in ihrem Mund verschwinden und saugt nun dort die letzten Reste von der Mousse auf. Sven genießt das und ist total erregt. Dieses Gefühl mit der Mousse auf seinem Penis und den

Liebkosungen von Nicki ist unbeschreiblich. Nicki greift nun mit einer Hand an seinen Hoden, während sie den Penis weiterhin in ihrem Mund hin und her bewegt. Sie verwöhnt Sven oral so intensiv, dass er so schnell auf einen Höhepunkt zuwandert wie noch nie. Und innerhalb kürzester Zeit ist es dann auch so weit. Sein Sperma ergießt sich in ihren Mund. Während Nicki noch mit seinem Penis spielt, schwärmt Sven schon von diesem tollen Erlebnis.

Nun lassen sie den Abend noch mit Unterhaltung und Kuscheln ausklingen und begeben sich dann, nachdem sie sich abgeduscht haben, ins Bett. Nicki schmiegt sich ganz eng an Sven und so schlafen sie ein. Als Sven am nächsten Morgen aufwacht, liegt Nicki immer noch so bei ihm, wie sie eingeschlafen ist. Er lächelt und genießt das. Dann schließt er seine Augen wieder und döst vor sich hin. Irgendwann wacht auch Nicki auf. „Guten Morgen, Sven. Ich hab herrlich geschlafen." „Das freut mich. Ich hab auch sehr gut geschlafen." Beide liegen noch eine geraume Zeit so aneinandergekuschelt im Bett und genießen den Morgen. Dann aber steht Nicki auf und verschwindet ins Badezimmer. Da sie nicht so bald wieder zurückkehrt, geht Sven nachschauen. Als er die Türe öffnet, streichelt Nicki gerade ihre Brüste. „Was machst du da Schönes?" „Frag nicht. Ich bin total scharf." Sven tritt näher und beginnt, Nicki beim Streicheln ihrer Brüste zu helfen. „Hilft dir das irgendwie?" „Ja, total." Nicki lässt von ihren Brüsten ab und greift nach Svens Penis. „Oh. Da ist aber jemand anderes auch ganz schön in Stimmung." Er nimmt sie in den Arm und küsst sie zärtlich. Nicki dreht sich um und Sven streichelt ihr nun über den Rücken. Dann tritt er ganz nah an sie heran. Küsst ihren Nacken. Streichelt über ihre Brüste. Gleitet bis zu ihrer Vagina und lässt seine Finger mit sehr sanften Bewegungen über ihre Schamlippen gleiten. Nicki durchzuckt ein Gefühl der Lust. Sven spürt das. Das ist quasi das Zeichen, auf das er gewartet hat. Er nimmt seinen Penis und dringt von hinten langsam in sie ein. Nicki gibt ein leichtes Stöhnen von sich. Sven schiebt seinen Penis so weit in ihrer Vagina wie es ihm möglich ist und beginnt mit langsamen Stoßbewegungen.

Nebenbei streichelt er ihre Brüste und ihren Intimbereich. Nicki greift nach hinten zu Svens Po und beginnt diesen zu kneten. Sie fordert mit ihren Händen ein schnelleres Tempo von Sven. Das setzt dieser sofort um und beginnt, schneller zu werden. Ganz tief und in rasanter Folge stößt er weiter zu. Nicki wird immer geiler und sie nähert sich ihrem Höhepunkt. Auch Sven kommt einem Orgasmus immer näher. Er behält das Tempo bei und Nicki knetet seinen Po noch fester. Und dann ist es so weit. Beide kommen gleichzeitig. Sie sind total überwältigt.

Nachdem sie ihre Morgentoilette erledigt haben, genießen sie noch ein ausgiebiges Frühstück. Dabei unterhalten sie sich angeregt über Schlafgewohnheiten. Doch irgendwann blickt Nicki auf ihre Armbanduhr und stellt erschrocken fest, dass es schon fast Mittag ist. „Es tut mir leid, Sven. Ich muss mich verabschieden. Aber ich danke dir recht herzlich für alles was du für mich getan hast." „Gern geschehen. Auch ich möchte dir danken. Das war eine wundervolle Zeit mit dir." Dann hilft er ihr in den Mantel und begleitet sie bis zum Auto. Sie umarmen sich zum Abschied, bevor Nicki in ihr Auto steigt und losfährt. Sven winkt ihr hinterher und geht dann wieder zurück in seine Wohnung.

OLIVIA

Es ist Faschingszeit und Sven liebt Verkleidungen. So ist es naheliegend, dass er sich darüber Gedanken macht, ob er nicht vielleicht eine Faschingsparty machen sollte. Es gibt dabei jedoch ein kleines Problem. Wie viele Leute lädt man denn zu so etwas ein? Nachdem er sich das ein paar Tage überlegt hat, fällt der Entschluss, dass er doch lieber nur eine Faschingsparty zu zweit machen möchte. Glücklicherweise arbeitet er derzeit an einer Faschingskampagne. Seine Ansprechpartnerin ist eine süße Brasilianerin. Immer wieder hat sie ihm von Karneval in Rio vorgeschwärmt. Bei ihrem nächsten Termin fragt er also einfach mal: „Hättest du eventuell Zeit, um mir den Karneval in Rio etwas näher zu bringen?" „Na klar. Was willst du wissen?" „Ich würde ganz gerne einmal in natura sehen, was man dabei so trägt und wie toll man sich auf die brasilianischen Rhythmen bewegen kann." „Aha. Ich habe da bestimmt ein paar Videos, die ich dir zeigen kann." „Nein. Videos kenne ich zur Genüge. Wie wäre es denn, wenn du mir das vorführst?" „Ich? Nein. Das kann ich doch nicht machen." „Aber warum denn nicht? Du siehst toll aus. Du bist Brasilianerin. Dir liegt das sicherlich im Blut." „Danke. Danke. Aber das, glaube ich, ist keine gute Idee." „Warum das denn?" „Nur wir zwei? Und ich fast nackt?" „Oh. Das stimmt. Daran hab ich gar nicht gedacht. Also, wenn du das nicht möchtest oder befürchtest, dich irgendwie zu blamieren, dann lassen wir das." „Nein. Halt. Warte doch mal. So war das nicht gemeint. Nur wir zwei? Und du hast sicher keine Hintergedanken?" „Nur wir zwei. Allerdings das mit den Hintergedanken kann ich nicht ausschließen." „Ich verstehe. Lass mich das in Ruhe ein paar Tage überlegen." „Mach das. Und wenn du nicht willst, ist das in Ordnung für mich." Olivia reizt das schon irgendwie. Deshalb hat sie Sven dann doch zugesagt.

Am vereinbarten Tag erscheint Olivia bei Sven. Sie trägt einen Mantel und darunter ein elegantes Kleid. Hoch erfreut von dem Anblick, begrüßt sie Sven. Dann hilft er ihr aus dem Mantel und sie begeben sich ins Wohnzimmer. Dort serviert er Olivia einen kleinen Aperitif und dann beginnen sie sich über den Karneval in Rio zu unterhalten. Olivia möchte von Sven wissen, wie er sich dieses Faschingsspiel so vorstellt. Sven sieht sie voller Vorfreude an und erzählt, was im so vorschwebt. Seine Ausführungen sind sehr blumig und Olivia lässt sich davon anstecken und ist hellauf begeistert.

Nachdem das meiste geklärt ist, zieht sich Olivia ins Badezimmer zurück und beginnt, sich umzuziehen. Währenddessen begibt sich Sven ins Schlafzimmer. Dort entledigt er sich seiner Tageskleidung und holt eine bunte Boxershorts aus dem Schrank. Außerdem hat er noch ein paar Puschel Armbänder. Er zieht also die Boxershorts an und dann auch noch die vier Armbänder. Zwei um die Oberarme und zwei um die Handgelenke. Damit wäre er so weit fertig. Also geht er ins Wohnzimmer zurück und sucht schon mal passende Latinomusik heraus. Als er eine Samba-CD findet, ist ihm sofort klar, dass er genau diese braucht. Er legt sie ein und drückt die Playtaste. Nun muss er nur noch auf Olivia warten. Kurz darauf steht sie auch schon in der Türe und Sven fallen glatt die Augen aus dem Kopf. Olivia hat sich glitzernde Sterne über die Brustwarzen geklebt. Sie trägt einen mit bunten Pailletten besetzten String. Außerdem hat sie noch mit buntem Strass besetzte armlange Handschuhe an. Da Sven immer noch sprachlos ist und tolle Sambamusik läuft, beginnt Olivia, sich dazu zu bewegen. Überwiegend lässt sie jedoch ihre Hüften kreisen, so wie man es von den Sambatänzerinnen kennt. Dabei bewegt sie sich auf Sven zu. Dieser hat sich allmählich wieder gefasst und beginnt nun seinerseits auch mit Sambabewegungen. Als Olivia direkt vor Sven steht, dreht sie sich um und wackelt weiterhin mit dem Po. Sven greift zu. Dann lässt er seine Hände über ihren Körper gleiten. Das ist gar nicht so einfach, wenn man nebenbei tanzt. Aber er meistert diese Herausforderung. Seine Hände gleiten über ihre Brüste und versuchen, diese zu massieren. Gleichzeitig versucht er, mit seinem Becken Kontakt zu ihrem

Po aufzunehmen. Als Olivia den Kontakt spürt, beginnt sie, mit ihrem Po seinen Penis zu stimulieren. Sven macht entsprechende Bewegungen und merkt, wie der Platz in seiner Hose immer weniger wird. Auch Olivia kann spüren, dass sich Svens Erregung steigert. Sie greift nun mit ihren Händen hinter sich und versucht, seinen Penis zu befreien. Als ihr das endlich gelungen ist, kann sie diesen nun direkt mit ihrem Po stimulieren. Sven ist schon megascharf und beginnt nun, Olivias Brüste noch intensiver zu kneten und zu massieren. Sie greift mit einer Hand nach seinem besten Stück und verhilft diesem dazu, in sie einzudringen. Somit ändern sich ihrer beiden Hüftbewegungen und aus dem Kreisen wird ein Stoßen. Sven ist entzückt und total erregt. Olivia spürt ihn ganz tief in sich drin und stöhnt vor Lust. Immer weiter stößt Sven zu. So befeuert, verfallen beide weiter in Ekstase. Plötzlich hört er auf. Die CD springt zum nächsten Musiktitel. Olivia löst sich aus Svens Umarmung und dreht sich um.

Als der nächste Sambatitel läuft, gleitet sie mit Händen und Lippen über seinen Oberkörper und hält erst vor seinem Penis inne. Zärtlich umschließt sie diesen mit ihren Lippen und beginnt, ihm einen zu blasen. In laufend wechselnden Rhythmen bewegt Olivia Mund, Zunge und Kopf. Sven genießt dies in vollen Zügen und legt seine Hände auf ihren Kopf. Er beginnt, sie sanft zu massieren. Entzückt vor Erregung, steigert sich diese immer mehr in Richtung Höhepunkt. Olivia merkt dies natürlich und macht weiter und weiter, bis sie, kurz bevor Sven seinen Orgasmus hat, einfach aufhört. Sie schiebt ihn zum Sofa. Er lässt sich darauf fallen und Olivia besteigt ihn jetzt. Dann beginnt sie zu reiten. Schneller und schneller werdend. Das bringt Sven ganz schnell wieder auf den Weg zu seinem Höhepunkt. Und dieses Mal hört Olivia nicht auf. Im Gegenteil. Sie wird noch schneller, denn auch sie nähert sich nun ihrem Höhepunkt. Sven kann sich bei dem Anblick der geilen Brüste und der fortdauernden Stimulation nicht mehr zurückhalten und kommt. Das veranlasst Olivia aber nicht zum Aufhören. Sie reitet weiter und weiter. Sven beginnt nun, ihre Brüste zu kneten und greift nach ihrem Po. Dann beginnt er diesen zu streicheln. Sie treibt es weiter voran. Ihre Ekstase ist nun so deutlich zu sehen, dass Sven sie noch mehr anspornt. Olivia beginnt, lustvoll zu stöhnen. Er stößt zu und unterstützt ihre Reitbewegungen. Das hat Olivia noch gefehlt und verschafft ihr den letzten Kick. Und dann ist es so weit. Sie hat ihren Orgasmus. Langsam beendet sie ihre Reitbewegungen. Beugt sich zu Sven und küsst ihn.

Olivia und Sven liegen sich danach in den Armen und streicheln sich gegenseitig. Immer wieder küssen sie sich und machen sich wechselseitig Komplimente. „Diese Faschingsgeschichte war echt lustig." „Ja, find ich auch, Olivia. Und so ein geiles Outfit. Das hätte ich mir nie erträumen können, wie toll das in natura aussieht. Vor allem an dir." „Danke, Sven. Ich hatte ja anfangs so meine Bedenken. Aber nun im Nachhinein muss ich sagen, dass ich es wirklich sehr genossen habe. Auf jeden Fall werde ich mich daran mit Freude erinnern." Daraufhin gibt Sven ihr einen Kuss und bedankt sich nochmals bei ihr.

Langsam regt sich Aufbruchsstimmung. Olivia muss gehen, da sie am nächsten Morgen früh rausmuss. Sie verschwindet im Badezimmer, um sich frisch zu machen und anzuziehen. Danach stehen beide im Flur und verabschieden sich recht herzlich voneinander.

PAULINE

Sven möchte gerne etwas anderes ausprobieren. Er hatte noch nie Sex beim Sport. Vermutlich wird es aber nicht ganz einfach werden, hierfür eine Verabredung zu bekommen. Lange denkt er darüber nach. Plötzlich fällt ihm ein früherer Auftrag für eine Fitnesstrainerin ein. Wie hieß die noch gleich? Pauline. Genau, das war sie. Lange muss er in den Unterlagen suchen, bis er die Kontaktdaten findet. Und dann hängt er schon am Telefon. Er vereinbart mit Pauline einen Termin für ein Personal Training.

Pünktlich klingelt es auch diesmal wieder an der Tür. Sven öffnet und Pauline kommt die Stufen herauf. Die Begrüßung ist auch hier herzlich und freudig. Sven ist Pauline beim Ablegen des Mantels behilflich und bittet sie anschließend, auf dem Sofa im Wohnzimmer Platz zu nehmen. Er bietet ihr etwas zu trinken an, holt auch für sich ein Glas Wasser und setzt sich ihr gegenüber. Auf dem Tisch steht eine Schüssel mit Ferrero Küsschen, wo Pauline, nachdem Sven ihr diese anbietet, gerne zugreift. Während beide so dasitzen, trinken und Ferrero Küsschen essen, reden sie über verschiedene Themen, um sich ein wenig kennenzulernen. Dabei geht es nicht nur um das Wetter oder die Anreise zum heutigen Treffen, sondern auch um Hobbys oder die Einrichtung in Svens Wohnzimmer. Auf alle Fälle ist das Gespräch interessant und Pauline macht einen sympathischen Eindruck. Nach einer Weile kommt das Gespräch auf den heutigen Tag zurück. „Du möchtest etwas Fitnesstraining machen?" „Ja, genau. Ich hatte nämlich noch nie Sex beim Sport und stelle mir das aufregend vor." Er schlägt sich mit der Hand auf die Stirn.

Doch Pauline bleibt völlig ungerührt von seiner Aussage. „Hast du da etwas Spezielles im Kopf oder genaue Vorstellungen, was nun passieren soll?" Sven ist überrascht und beeindruckt. Pauline lässt sich gar nichts anmerken, wie sie mit seiner Aussage umgeht. Also macht Sven weiter. „Nicht wirklich. Ich habe mir gedacht, da du ja eine Fitnesstrainerin bist, dass wir gemeinsam ein paar Übungen machen und sich daraus dann etwas Sexuelles ergibt." „Klingt spannend. Dann geh ich mich mal umziehen und dann schauen wir mal." „Ist gut. Ich werde mich auch für den Sport umkleiden." Gesagt, getan. Während Pauline im Badezimmer verschwindet, begibt sich Sven ins Schlafzimmer. Dort zieht er sich nackig aus und anschließend nur eine kurze Turnhose und ein Muscle-Shirt an. Danach holt er noch zwei Fitnessmatten aus dem Schrank und geht wieder ins Wohnzimmer zurück. Sven breitet die Matten am Boden aus und sucht noch eine CD mit motivierender Musik für das sportliche Vorhaben.

Kurze Zeit später kommt Pauline zur Wohnzimmertüre herein. Sven traut seinen Augen kaum. Sie trägt einen weißen Sport-BH, ein weißes Tennisröckchen und einen weißen String. „Du siehst umwerfend aus", bringt Sven irgendwie hervor. „Dankeschön." Nachdem nun beide so weit sind, kann es losgehen. „Hättest du gerne bestimmte Übungen?" „Nein. Du kannst gerne irgendwie loslegen." Pauline fängt mit ein paar Yogaübungen an. Als Erstes macht sie einen Baum und fordert Sven auf, es ihr gleichzutun. Auf den ersten Blick sieht das leicht aus. Doch während Pauline felsenfest auf einem Bein steht, wackelt Sven ganz schön hin und her. „Du, Sven. Der Baum sollte bei Windstille einfach ruhig dastehen. Bei dir herrscht wohl Windstärke fünf." „Das ist nicht lustig." „Doch, das ist es", erwidert Pauline und beginnt zu lachen. Sven muss mitlachen und fällt dabei fast um. „Also gut. Lass uns eine andere Übung machen. Den herabschauenden Hund." Sven hat nur Fragezeichen in den Augen und schaut erst einmal, was ihm Pauline vormacht. Sie stellt sich in gegrätschte Position, beugt ihren Oberkörper nach vorne und kippt dann vorwärts, bis ihre Handflächen den Boden berühren. Sven sieht ihr zu und je weiter sie sich beugt, desto mehr wird der Blick auf ihren Po frei. „Ich muss schon sagen, dass du einen wirklich geilen Po hast." Pauline lächelt ein wenig. „Komm, mach auch mit. Rumstehen und mir auf meinen Arsch schauen, ist wenig sportlich." Sven macht es ihr nun gleich. Allerdings kann er seinen Blick nicht von ihrem süßen Po lassen. „So, jetzt hast du lange genug meinen tollen Po bewundern können. Lass uns eine andere Übung machen." Nach dieser Übung trinken beide einen Schluck Wasser und Pauline entledigt sich kurzerhand ihres Strings.

„So Sven. Nun darfst du ein paar Liegestütze machen." „Oh nein. Muss das sein?" „Ja, das muss sein. Aber damit sie dir auch so richtig Freude bereiten, werden es keine normalen Liegestütze sein. Ich werde mich auf den Rücken legen und du bist über mir. Und zwar so, als wenn wir Stellung 69 machen würden. Doch hier machst du Liegestütze. Und jedes Mal wenn du die Arme beugst darfst du mir mit deinem Mund meine Muschi küssen."

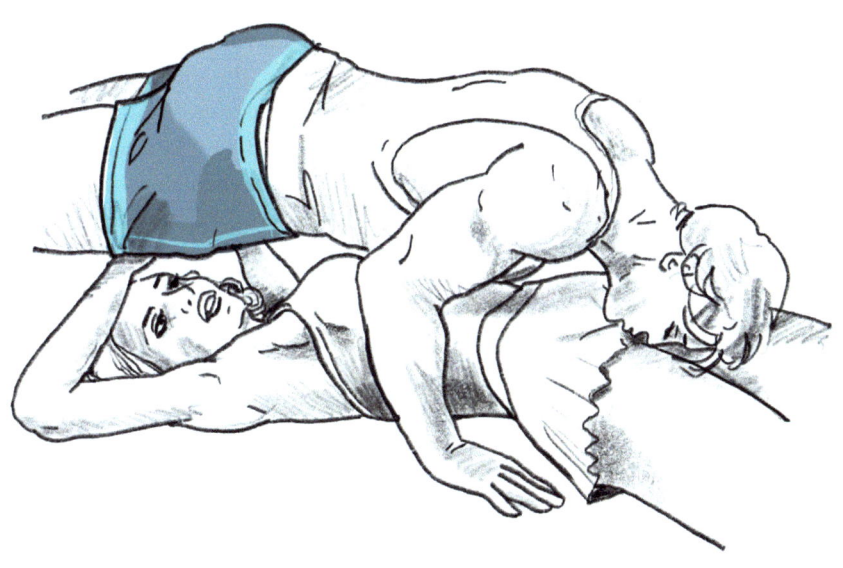

„Hey. Das klingt echt toll. Können wir gleich anfangen? Ich bin schon gespannt, wie das ist." „Ja klar." Pauline legt sich also auf den Rücken und Sven beginnt über ihr mit den Liegestützen. Bei den ersten Liegestützen küsst er zärtlich ihren Venushügel. Im weiteren Verlauf versucht er, sie überall an ihrer Vagina zu küssen und sogar die Zunge zum Einsatz zu bringen. Unterdessen betrachtet Pauline Svens Trainingshose und bemerkt, dass dieser gar keine Unterhose trägt. Sein Penis ist schon leicht erregt. Vorsichtig fährt sie mit ihren Händen an seinen Beinen entlang. Sie nähert sich seiner Hose und fährt mit den Händen hinein. Sven versucht weiterhin Liegestütze zu machen, was ihm nicht leichtfällt, wenn er so erregt wird. Unbeirrt holt Pauline seinen Penis aus der Hose und beginnt, diesen zärtlich zu massieren und an ihm zu lecken. Langsam beginnen Svens Beine zu zittern. Er versucht noch ein paar Liegestütze, doch dann ist Schluss. Er kann nicht mehr.

„Sehr gut", lobt ihn Pauline. „Du hast echt ein tolles Durchhaltevermögen." „Danke. Aber jetzt konnte ich einfach nicht mehr." „Dann lass uns etwas trinken und zur nächsten Übung übergehen." „Alles klar. Und was hast du jetzt für mich parat? Hoffentlich nicht zu anstrengend." „Ich glaube, du wirst es toll finden." „Na dann los. Ich bin schon ganz gespannt." Pauline zieht ihren Sport-BH aus. Ihre großen, festen Brüste kommen zum Vorschein. Dann kniet sie sich hin und begibt sich in die Yoga-Position Kamel. Sven ist wirklich begeistert. „Na los, Sven. Zeig mal, was in deiner Hose steckt." Sven zieht seine Hose aus und sein steifer Penis ist in voller Pracht zu sehen. Pauline öffnet den Mund und Sven tritt an sie heran. Dann lässt er seinen Penis in den geöffneten Mund gleiten. Langsame Stoßbewegungen lassen seine Erregung steigen. Während er weiterhin seinen Penis in ihren Mund rein- und rausgleiten lässt, beugt er sich nach vorne und greift mit beiden Händen nach ihren Brüsten. Zärtlich beginnt er, diese zu streicheln und zu kneten. Auch ihre Brustwarzen nimmt er zwischen zwei Finger und rubbelt vorsichtig an ihnen. Das ist für Sven ein echt total geiles Gefühl. Weil es ihm so gut gefällt, werden seine Stoßbewegungen schneller. Und hier und da lässt er seinen Penis auch in voller Länge in Paulines Mund verschwinden. Seine Ekstase steigert sich immer weiter, während er seinen Penis in ihrem Mund und seine Hände an ihren Brüsten hat. Pauline greift mit einer Hand nach seinem Penis und gibt Sven damit ein Zeichen, eine Pause einzulegen. Dieser tut dies auch sofort. „Und? Hab ich dir zu viel versprochen?" „Das war noch toller, als ich geglaubt hätte."

Pauline stellt sich vor Sven und legt ihm einen Fuß auf die Schulter. „Wow, bist du aber gelenkig." „Ja, das bin ich." Dann greift sie mit einer Hand nach seinem Penis und verhilft diesem dazu in sie einzudringen. So hat Sven auch noch nie Sex gehabt. Während Pauline im Spagat vor ihm steht und ihn küsst, stößt er unaufhörlich zu. Immer schneller werdend und auch die Erregung von Pauline spürend, steigert er ihrer beider Ekstase. Pauline motiviert Sven, immer weiterzumachen. Sie greift nach seinem Po und versucht, ihn so noch mehr anzutreiben. Sven gibt alles und nähert sich seinem Höhepunkt immer weiter. Stoßend und küssend lässt er es dann passieren. Er kommt in ihr. Damit ist aber noch nicht Schluss. Pauline versucht, ihn nochmals anzustacheln, da auch sie schon nahe ihrem Höhepunkt ist. Doch Sven kann nicht mehr. „Leg dich auf den Rücken, Sven. Ich möchte auf dir reiten." Leicht erschöpft legt sich Sven hin. Pauline setzt sich auf seinen Penis und beginnt zu reiten. Zuerst langsam und dann immer schneller werdend. Ihre Brüste hüpfen vor Svens Gesicht auf und ab, so dass dieser schließlich zugreifen muss. Er beginnt, diese zu kneten und verschafft Pauline noch mehr Genuss. Sie stützt sich neben ihm ab und reitet und reitet. Ihr Höhepunkt ist schon zum Greifen nahe und … dann ist es so weit. Auch Pauline hat ihren Orgasmus. Danach sinkt sie völlig erschöpft auf Sven nieder. Beide liegen sich noch eine Weile in den Armen.

Etwas später, als beide etwas ausgeruht sind, bedankt sich Sven für dieses geile Fitnesserlebnis. „Das war echt der Wahnsinn. Ich hätte nicht gedacht, dass Fitness so toll sein kann." „Sehr schön. Dann bist du ja jetzt eine interessante Erfahrung reicher." „Ja, das bin ich." Auf die Uhr blickend, merken die beiden, dass es spät geworden ist. Sie gehen noch duschen und ziehen sich an. Im Flur stehend, verabschiedet sich Pauline mit einem Kuss. Sven umarmt sie und bedankt sich nochmals. Anschließend öffnet er ihr die Türe und winkt ihr hinterher, während sie im Treppenhaus durch die Haustüre verschwindet.

QUENDOLIN

Sven sitzt am Abend nachdenklich vor seinem Computer. Er denkt über sämtliche bisherigen Treffen nach. Die waren alle toll. Jedoch würde er gerne mal wieder mit einer Frau den ganzen Tag verbringen. Das wäre etwas, was ihm jetzt Freude bereiten würde. Er hat jedoch keine Idee, wie er das erreichen kann. Im nächsten Monat hat er zwei Wochen Urlaub. Bis dahin möchte er eine Frau gefunden haben, die gerne mit ihm einen kompletten Urlaubstag verbringt. Derzeit scheint dies jedoch in weiter Ferne zu liegen. Sven zermartert sich vergeblich seinen Kopf. Ihm fällt niemand ein. Ein paar Tage vor seinem Urlaub bekommt er einen Anruf von Quendolin.

„Hallo Sven", sagt eine leicht traurig klingende Stimme. „Hättest du einmal Zeit für mich?" „Hallo, Quendolin. Aber natürlich. Was ist denn los?" „Horst hat sich von mir getrennt. Er hat eine neue Flamme." Dann heult sie los. „Das ist traurig. Kann ich dir irgendwie helfen?" „Hättest du am Montag mal Zeit?" „Du hast Glück. Da beginnt mein Urlaub. Willst du gleich um 10 Uhr zu mir kommen? Für Mittag würde ich uns etwas kochen." „Ja, gerne. Aber mach dir keine Umstände wegen mir." „Das sind doch keine Umstände. Ich mache das gerne." Und so verabreden sie sich. Sven ist gespannt, was Quendolin alles zu erzählen hat.

Am vereinbarten Montag klingelt es um 10 Uhr an der Tür. Sven öffnet und Quendolin kommt die Treppe herauf. Sie trägt eine schwarze Stoffhose und eine gelbe Bluse. Darüber eine elegante Fleece-Jacke. In den Stöckelschuhen ist sie barfuß. Dabei hat sie eine große Handtasche. Die beiden begrüßen sich mit einer Umarmung. Sven hilft ihr aus der Jacke und dann begeben sie sich ins Wohnzimmer. Dort stellt sie ihre Handtasche neben das Sofa. „Darf ich dir einen Limoncello anbieten?" „Gerne. Und danach bitte ein Glas Wasser." „Kommt sofort." Sven begibt sich in die Küche und bereitet alles vor. Als er wieder zurück ist, stoßen sie auf bessere Zeiten an. „Ich weiß gar nicht, warum ich eigentlich da bin. Ich würde die Geschichte mit Horst gerne vergessen. Und was machen wir nun?", fragt Quendolin. „Da hätte ich schon eine Idee. Ich würde gerne mit einem Spiel beginnen. Mittags werde ich uns etwas zu Essen zaubern und anschließend könnten wir uns gegenseitig massieren. Nach gemütlichem Kuscheln und mehr wäre noch ein heißes Bad möglich. Gegen Abend hätte ich noch eine Kleinigkeit zum Essen im Angebot und dann schauen wir mal, was der Abend noch so bringt." „Willst du mich etwa verführen?" „Wenn du so direkt fragst. Ich dachte, das bringt dich sicherlich auf andere Gedanken. Sag mir, wenn du gerne etwas anderes machen möchtest." „Du bist ein kleiner Schelm, Sven. Da könnte ich glatt glauben, dass du meine Situation schamlos ausnutzen möchtest. Aber du hast bestimmt Recht. Ich sollte einen Haken hinter die Vergangenheit machen und nach vorne schauen. Somit bin ich dabei. Und was dann alles so geschieht, da lass ich mich überraschen." „Sehr schön. Sag, wenn du bereit bist." Quendolin atmet ein paar Mal ganz tief durch. „So. Kann losgehen."

Sven holt vier Würfel heraus und legt vor Quendolin und sich jeweils zwei. Er erklärt ihr, dass sie nun beide würfeln. Wer dann die höhere Summe erzielt, darf sich vom anderen etwas wünschen. Und schon geht es los. Beim ersten Wurf gewinnt Quendolin mit neun zu sieben. „Hm. Ich wünsche mir einen Kuss von dir." Beide beugen sich über den Tisch und Sven küsst sie. Da ihr das zu gefallen scheint, lässt sie sich gleich nochmals küssen. Anschließend folgt ein neuerliches Würfeln und Quendolin gewinnt wieder mit sieben zu vier. „Jetzt hätte ich gerne, dass du dein Hemd ausziehst." Sven steht auf und öffnet les angsam Knopf für Knopf. Dann schlüpft er aus den Ärmeln und legt es neben sich auf das Sofa. „Gut so?" „Perfekt." Und weiter geht es. Quendolin hat offenbar eine Glückssträhne. Dieses Mal steht es zehn zu drei. „Dann zieh doch bitte deine Socken aus." Das geht schnell, da Sven nicht einfällt, wie er das zelebrieren könnte. Vor dem nächsten Wurf schüttelt Sven die Würfel lange in seiner Hand. Und siehe da. Jetzt gewinnt er mit neun zu acht. „Hurra. Jetzt darf ich mir etwas wünschen. Ich hätte gerne, dass du deine Stoffhose ausziehst." Quendolin steht auf, tänzelt ein wenig und lässt die Stoffhose über ihre Beine nach unten gleiten. Dabei beobachtet sie, wie Sven strahlt. „Das gefällt dir wohl?" „Aber so was von." „Dann sollten wir nochmals würfeln." Gesagt, getan. Und Sven hat nochmals Glück. Er gewinnt mit acht zu fünf. „So. Nun ist deine Bluse dran. Zieh sie bitte aus." Quendolin steht wieder auf, öffnet sehr langsam Knopf für Kopf.

Dann lässt sie die Bluse über ihre Schultern zu Boden gleiten. Anschließend steht sie nur noch in weißen Dessous da. Beim nächsten Wurf dreht sich das Blatt wieder zu Gunsten von Quendolin. Sie gewinnt mit zwölf zu vier. „Sehr schön. Dann darfst du dich nun auch deiner Hose entledigen." Sven steht auf und versucht wie bei einem Striptease seine Hose elegant auszuziehen. Dabei wirkt er jedoch sehr komisch und Quendolin lächelt amüsiert. Allerdings wandelt sich das amüsierte Lächeln sehr schnell in ein entzücktes. Denn sie darf mit eigenen Augen sehen, dass Sven keine Unterhose trägt. Da er aber mit dem Rücken zu ihr steht, kommt als Erstes sein knackiger Po zum Vorschein. Langsam dreht sich Sven um und steht im Adamskostüm vor Quendolin. „Das ist aber eine schöne Überraschung. Damit hatte ich nicht gerechnet." „Das freut mich. Dann ist die Überraschung ja gelungen." Sven setzt sich wieder und das Würfeln geht weiter. Er gewinnt mit acht zu sechs. „Dann würde ich mir wünschen, dass du deinen BH ausziehst und mich mit deinen Brüsten an allen Körperstellen berührst, die du berühren möchtest." „Oh, das ist aber ein ausgefallener Wunsch. Aber den erfülle ich dir gerne." Der BH ist schnell ausgezogen und Quendolins natürliche, feste Brüste kommen zum Vorschein. „Leg dich doch bitte

auf den Rücken, Sven." Das lässt er sich nicht zweimal sagen. Quendolin beginnt damit, ihre Brüste über sein Gesicht zu halten. Dann lässt sie eine nach der anderen über seine Lippen gleiten. Er küsst diese und knabbert zärtlich an ihren Brustwarzen. Anschließend wandern ihre Brüste über seinen Hals und seinen Oberkörper bis zu seinem Penis. Dieser ist vor Erregung schon ganz hart geworden. Ohne ihre Hände, nur mit den Brüsten berührt sie seinen Penis. Vorsichtig beugt sie sich weiter über ihn und sein Penis wird zwischen ihren Brüsten eingeklemmt. Danach bewegt sich Quendolin hin und her und reibt dadurch seinen Penis zwischen ihren Brüsten. Svens Erregung steigt.

Doch plötzlich hört Quendolin auf. „Ich glaub, der Wunsch ist so weit erfüllt. Lass uns nochmals würfeln." „In Ordnung." Beide setzen sich wieder an den Tisch und würfeln erneut. Gleichstand. „Was machen wir jetzt, Sven?" „Keine Ahnung. Aber vielleicht sollten wir uns nun beide etwas wünschen." „Gute Idee. Ich würde vorschlagen, dass ich mein Höschen auch noch ausziehe und wir weiter mit meinen Brüsten und deinem Penis spielen." „Da bin ich dabei." Gesagt, getan. Quendolin entledigt sich ihres Höschens und Sven legt sich derweilen auf das Sofa. Quendolin setzt sich auf ihn. Sie nimmt seinen Penis in die Hand, stellt ihn auf und klemmt ihn sich zwischen ihre Pobacken. Währen Sven mit ihren Brüsten spielt, reibt sie seinen Penis mit ihren Pobacken. Dabei kann sie beobachten, dass es Sven gefällt. Auch sein Erregungsgrad wird damit gesteigert. Sie beugt sich zu ihm hinunter. Während sie ihn liebevoll küsst, lässt sie seinen Penis in sich eindringen. Dann beginnt sie, immer noch Sven küssend, auf ihm zu reiten. Nach und nach erhöht sie das Tempo. Auch Sven beginnt nun mit stoßenden Bewegungen. Und so erhöhen beide immer weiter ihre Ekstase. Mitten im Geschlechtsverkehr versuchen sie, die Stellung zu wechseln, ohne aufzuhören. Irgendwie schaffen sie es, dass nun Quendolin unten liegt. Und weiter geht es. Jetzt kann Sven etwas aktiver werden. Doch kurz vor seinem Höhepunkt hört er auf. „Mach weiter", versucht sie, ihn zu motivieren. „Nein. Lass uns hier aufhören und später weitermachen.

Ich möchte jetzt noch keinen Höhepunkt haben." „Ok." Sven legt sich neben Quendolin und sie kuschelt sich in seinen Arm.

Sven schaut auf die Uhr und stellt fest, dass es schon 13 Uhr ist. Er zieht sich eine Hose an und geht in die Küche, um das Mittagessen vorzubereiten. Quendolin zieht ihre Bluse und das Höschen an und folgt Sven. Während er Spaghetti Carbonara kocht, unterhalten sie sich entspannt über Verschiedenes. Als alles am Kochen ist, decken sie gemeinsam den Esstisch im Wohnzimmer. Und kurze Zeit später kann Sven auch schon das fertige Gericht auftischen. Dazu trinken sie ein Glas Weißwein und genießen es. So vergeht die Zeit. Als sie fertig sind, räumt Sven alles ab und legt sich auf das Sofa. Quendolin legt sich zu ihm. „Weißt du, was jetzt schön wäre, Quendolin?" „Nein." „So eine richtig gute Massage zur Entspannung." „Och. Wenn es weiter nichts ist. Das lässt sich doch einrichten. Bekomm ich auch eine?" „Aber sicher doch. Wer beginnt?" „Ich werde dich zuerst massieren." „Danke." „Dann leg dich auf den Bauch und zieh die Hose wieder aus, Sven." Das lässt er sich nicht zweimal sagen. Und schwupps liegt er wie gewünscht auf dem Sofa. Quendolin beginnt mit Svens Rücken. Langsam, zärtlich und doch auch kraftvoll knetet sie diesen. Sven schließt die Augen und genießt. Nach einer Weile geht Quendolin zu seinen Beinen über. Den Po lässt sie aus. Ein Bein nach dem anderen wird mit eher knetenden Händen massiert. „Das ist echt wunderbar, was du da mit mir machst.", schwärmt Sven. Quendolin huscht ein zufriedenes Lächeln über das Gesicht. Und nun ist es Zeit, sich Svens Po zu widmen. Genüsslich wird eine Pobacke nach der anderen durchgeknetet. Als sie fertig ist, gibt sie ihm einen Klapps auf den Hintern. „Fertig! Jetzt bin ich dran." Und schon wechseln sie. Quendolin entledigt sich des Höschens und der Bluse und legt sich ebenfalls auf den Bauch aufs Sofa. Sven beginnt bei ihren Beinen mit der Massage und arbeitet sich über den Po bis zu ihrem Nacken nach oben. Da Sven diese Art der Massage sehr gut beherrscht, schmilzt sie unter seinen Händen dahin. Er ist sich seiner Künste bewusst und nutzt dies auch ein wenig aus. Seine Hände wandern über den Po zu ihrem Genitalbereich und einzelne Finger massieren nun vorsichtig die Schamlippen. Quendolin lässt sich ganz in diese Massage hineinfallen und beginnt, sich im Rhythmus mitzubewegen. Sven hat schließlich das Gefühl, dass es Zeit für mehr ist. Sein kleiner Mann ist auch schon hart. Also kommt er wieder an die Reihe. Sven kniet sich hinter Quendolin und dringt in sie ein. Während sein Becken kleine Stoßbewegungen ausführt, massieren seine Hände weiter Quendolins Rücken. Sichtlich entspannt und erregt, genießt sie dies. Sven steigert sein Tempo und schafft es, beide so richtig in Ekstase zu versetzen. Jetzt gibt es kein Halten mehr und er kommt so richtig in Fahrt. Quendolin kniet sich nun hin und Sven darf es weiterhin von hinten mit ihr treiben. Immer schneller werdend, geht es schnurstracks in Richtung Höhepunkt. Dieses Mal gibt es auch kein Aufhören. Sven stößt noch schneller und kräftiger zu und kommt kurz darauf. Quendolin dreht sich um und nimmt seinen Penis in den Mund. Sven ist ganz perplex. Aber er findet es toll, nach seinem Höhepunkt noch oral verwöhnt zu werden.

Da sich anschließend beide etwas frisch machen wollen, schlägt Sven ein Bad vor. Quendolin stimmt dem gerne zu. Er holt einen Badezusatz aus dem Schrank und lässt ein wohlig warmes Schaumbad ein. Als Erstes steigt Sven in die Wanne und danach folgt Quendolin. Er sitzt hinter ihr, so dass sie sich an ihn kuscheln kann. Mit ihren Händen streichelt sie seine Beine, während Sven über ihre Brüste streichelt. Beide schließen die Augen und entspannen. In der warmen Badewanne lässt sich sehr gut entspannen und die Zeit vergeht wie im Flug. Als Sven auf die Uhr sieht, ist es schon fast 20 Uhr. Er beginnt nun wieder, Quendolin zu streicheln. Am liebsten ihre Brüste. Vorsichtig auch über ihre Brustwarzen. Quendolin genießt dies und legt ihre Hand zwischen ihre Beine und beginnt, sich selbst zu stimulieren. Sven bekommt das zunächst gar nicht mit. Erst als ihr Körper leicht vor Erregung zittert, merkt er es. Und kurz darauf spürt er, wie es ihn erregt und sein Penis langsam wieder steif wird. Da er so dicht hinter ihr sitzt, merkt dies natürlich auch Quendolin, was sie noch mehr erregt. „Komm, lass es uns hier und jetzt nochmal treiben." „Bist du sicher?" „Ja, bin ich, Sven." Eine Antwort wartet sie gar nicht mehr ab. Sie dreht sich um, setzt sich auf seinen Penis und reitet los. Sven findet das geil. Er setzt sich leicht auf und beginnt, ihre Brüste mit seiner Zunge zu lecken. Dann nimmt er ihre Brustwarzen in den Mund und saugt leicht daran. Quendolin wird immer schneller. Sven kann gar nicht so schnell schauen, wie sie ihrem Höhepunkt entgegenreitet. Quendolin ist auch kaum zu bremsen und nur ein paar Minuten später erlebt sie ihren Orgasmus. „Das war echt heiß, Sven." „Das find ich auch. So schnell hab ich das noch nie erlebt." „Interessant. Aber lass uns jetzt nicht aufhören. Steig aus der Badewanne und ich blase dir hier im Badezimmer gleich noch einen." Svens Gesichtsausdruck kann nur schwer missverstanden werden. Er nimmt diesen Vorschlag gerne an und kurz darauf ist sein Penis in festen Händen. Quendolin spielt zuerst mit ihrer Zunge an seiner Eichel. Dann lässt sie diese immer wieder in ihrem Mund verschwinden. Mit einer Hand reibt sie seinen Penis, während sie mit der anderen Hand seine Eier massiert. Da kann Sven nicht anders als dahinzuschmelzen. Und Quendolin scheint dies in vollen Zügen zu genießen und zelebriert den Oralsex so, dass Sven Hören und Sehen vergeht. Zunächst wird nur seine Eichel mit Zunge und Lippen stimuliert. Aber dann nimmt sie seinen Penis komplett in den Mund und animiert Sven, mit stoßenden Bewegungen zu beginnen. Dieser macht dies sofort. Mal schneller und mal langsamer. Sven wird es langsam immer heißer und er merkt, wie er sich seinem Orgasmus nähert. Quendolin spürt das auch und hört nicht auf. Schneller und schneller bläst sie ihm nun einen. Und dann gibt es für Sven nur noch eines. Seinen Orgasmus. Schnell genug hat Quendolin seinen Penis aus ihrem Mund genommen und er spritzt ihr mitten ins Gesicht. Sven ist entzückt und gleichzeitig auch überrascht. Er hat noch nie einer Frau ins Gesicht ejakuliert. Aber es gefällt ihm. Quendolin holt alles aus ihm heraus, bis auf den letzten Tropfen. Und dann wird sein Penis auch noch abgeleckt und nochmals in den Mund genommen. Anschließend küssen sich die beiden und sie geht sich ihr Gesicht abwaschen.

Wegen des langen und ausgiebigen Bades ist das Abendessen ausgefallen. Quendolin beteuert aber, dass dies nicht so schlimm ist. „Danke, Sven. Das ist heute komplett anders verlaufen, als ich gedacht habe. Eigentlich wollte ich mit dir über all meine Probleme und Sorgen reden. Aber das war viel besser." Sven grinst. „Es freut mich, dass es mir gelungen ist, dich auf andere Gedanken zu bringen." „Gelungen? Das ist leicht untertrieben. Das war echt super. Du bist schwer in Ordnung, Sven." „Danke, Quendolin. Ich habe den Tag heute auch sehr genossen." Beide umarmen sich. Dann ziehen sie sich wieder an. Quendolin wirft einen Blick auf die Uhr. „Oh schon 23 Uhr. Ich sollte gehen, Sven." „In Ordnung. Und danke nochmals." „Nichts zu danken. Denn eigentlich muss ich mich bedanken." „Schon gut. Hauptsache, es ist jetzt ein wenig besser." Dann hilft er ihr in die Fleece-Jacke. Sie drückt ihn nochmals zum Abschied und küsst ihn auf die Wange. Anschließend geht sie.

RITA

Als Single ist es für Sven manchmal schwer, einen schönen Abend ohne Filme, aber mit Freunden verbringen zu können. Da Sven sich dies aber gönnen möchte, kommt ihm die Idee, nach jemandem Ausschau zu halten, der auch gerne spielt. Und dieser Jemand sollte eine Frau sein. Denn in weiblicher Gesellschaft fühlt er sich irgendwie wohler. Doch so spontan hat er keine Ahnung, wen er fragen könnte. Naja. Mal abwarten, was so kommt.

Tage später geht Sven völlig überarbeitet nach Hause. Eigentlich hätten noch wichtige Unterlagen kommen sollen, aber um 18 Uhr konnte er nicht mehr warten. Kaum sitzt er fünfzehn Minuten auf dem Sofa, klingelt es an der Türe. Sven erschrickt. Wer kommt denn jetzt?, denkt er bei sich. Er öffnet die Türe und herein kommt Rita. „Hey! Entschuldige, ich bin leider total zu spät. Ich hoffe, das macht keine Umstände." „Nein. Alles gut", gibt Sven tief durchatmend von sich. „Was machst du hier?" „Ich bringe dir die fehlenden Unterlagen." „Oh. Genau. Wenn du schon da bist, komm doch herein." Rita trägt ein buntes Kleid. Was sie darunter trägt, kann Sven nicht erkennen. Außer dass sie Strümpfe in ihren Pumps anhat. „Zieh bitte die Schuhe aus." Rita tritt ein und zieht die Pumps aus. Dann begrüßen sie sich nochmals mit einer Umarmung und einem Küsschen auf jede Wange. Rita gibt ihm das Kuvert und Sven führt sie ins Wohnzimmer und bietet ihr etwas zum Trinken an. Rita möchte nur Wasser. Sven holt es und stellt auch noch ein paar Kekse auf den Tisch. Dann setzt er sich ihr gegenüber auf das Sofa. Sie beginnen ein Gespräch über die Unpünktlichkeit von Rita. Sie erklärt, dass sie immer bemüht ist, pünktlich zu sein und es nicht immer einfach ist, die Zeit einzuschätzen. Sie haken das ab und wechseln zu anderen Themen wie Hobbys und was am heutigen Tag Schönes erlebt wurde. Sven stellt fest, dass Rita eine sehr angenehme Gesprächspartnerin ist.

Irgendwann im Verlauf der Unterhaltung geht Sven dazu über, Rita zu erzählen, dass er gerne mal wieder einen Spieleabend machen würde. „Oh cool. Ich spiele für mein Leben gern. Wenn du willst, können wir jetzt was spielen. Ich hab heut nichts mehr vor. Was schwebt dir denn so vor?" „Mal überlegen. Da wir nur zu zweit sind, hätte ich mir gedacht, wir machen ein Ratespiel. Wird die Frage richtig beantwortet, muss der andere ein Kleidungsstück ablegen. Antwortet man falsch, muss man selber ein Kleidungsstück ausziehen. Wer als Erstes nackt ist, verliert." „Klingt aufregend und etwas prickelnd. Da wäre ich doch glatt dabei." „Cool." „Was sind das für Fragen? Welches Kleidungsstück ist egal?" „Ich habe einen Kartenstapel mit Karten der Farbe Herz und Kreuz. Derjenige, der an der Reihe ist, muss erraten, ob als nächstes eine Herz- oder Kreuzkarte kommt. Ich würde sagen, der Gewinner sagt, welches Kleidungsstück." „In Ordnung." „Gut. Willst du anfangen oder soll ich?" „Fang du an, Sven." Sven mischt den Kartenstapel nochmals richtig gut durch. Dann tippt er, dass eine Herzkarte kommt. Er gewinnt, da die Herz-Dame aufgedeckt wird. „Also, Rita. Dann würde ich sagen, dass du dein Kleid ausziehen darfst." „Kannst du mir beim Öffnen des Reißverschlusses behilflich sein?" „Aber klar doch." Sie stehen auf und Sven öffnet langsam den Reißverschluss. Rita dreht sich um und lässt das Kleid über ihren Körper zu Boden gleiten. Darunter kommt ein transparenter weißer BH und ein weißes Höschen sowie Strapshalter zum Vorschein. Da fallen Sven beinahe die Augen aus dem Kopf und er schluckt. „Komm lass uns weiterspielen. Ich bin dran." „Hm … äh … a…aber natürlich." Als sie wieder sitzen, tippt Rita auch auf Herz. Und sie hat Glück. Es kommt die Herz-Sieben. „So, Sven. Ich würde sagen, du darfst dein Hemd ausziehen." Sven steht auf und entledigt sich seines Hemdes. Dann tippt er auf Kreuz. Er gewinnt wieder, da die Kreuz-Neun aufgedeckt wird. „Rita. Dann ziehe jetzt bitte die Strapse aus." „Gerne. Könntest du mir dabei wieder behilflich sein?" „Ja klar." Rita steht auf und geht zu Sven hinüber. Danach öffnet sie die Strapshalter und Sven zieht ihr einen Strumpf nach dem anderen aus. Dabei kann er ihr auch zärtlich über die Haut streicheln. „Du hast tolle weiche Haut." „Dankeschön." Und nach jedem Strumpf spielt er ein wenig mit ihren Zehen. Rita gefällt dies. Aber kurze Zeit später setzt sie sich wieder auf ihren Platz. Sie wählt Herz und hat Recht, da der Herz-Bube kommt. „Tja, Sven. Jetzt darfst du deine Hose ausziehen." „Oje. Könntest du mir dabei vielleicht zur Hand gehen?" „Sicher." Sven stellt sich vor Rita und diese öffnet Knopf und Reißverschluss. Anschließend zieht sie ihm die Hose herunter. „Oh. Du hast ja gar nichts darunter! Aber was ich hier sehen darf, sieht verlockend aus." „Das freut mich. Doch nun hab ich nur noch Strümpfe an und …" „Egal. Ich möchte jetzt etwas anderes machen." Sven kommt nicht dazu, noch irgendetwas zu erwidern. Schon verschwindet sein Penis in Ritas Mund und sie beginnt, ihm einen zu blasen. „Geil. So schön war Hose ausziehen noch nie." Ritas Augen strahlen. Sie sagt aber nichts dazu, sondern macht unbeirrt weiter.

Ganz genüsslich zelebriert sie den Oralsex. Mit ihren Lippen und der Zunge spielt sie am gesamten Penis. Und immer wieder nimmt sie ihn aus dem Mund. Sven wird schier wahnsinnig vor Vergnügen.

Das könnte noch ewig so weitergehen, doch Rita hört plötzlich auf. „So, jetzt darf ich wieder eine Karte ziehen. Ich wähle Kreuz." Damit hat sie aber Pech. Es kommt die Herz-Zehn. „Oha. Damit darf ich sagen, was du ausziehst, oder?", fragt Sven nach. „Ja, können wir so machen." „Dann zieh doch bitte deinen BH aus." „Könntest du mir hier bitte zur Hand gehen, Sven?" „Sehr gerne sogar." Beide stehen auf. Sven stellt sich hinter Rita und öffnet den BH. Er legt seine Hände auf ihren Rücken. Rita dreht sich um und zieht dabei ihren BH aus und Svens Hände gleiten an ihrem Körper entlang und landen genau auf ihren Brüsten. Diese fühlen sich sehr weich an und Sven kann nicht anders. Er beginnt, diese sanft zu kneten. „Gefällt dir das?" Sven nickt. „Dann pass mal auf, was jetzt passiert. Nimm mal bitte deine Hände weg." Sven tut dies. Daraufhin schmiegt sich Rita an seinen Körper und gleitet an ihm entlang abwärts. Als seine Penis zwischen ihren Brüsten landet, hält sie inne. Nun darf Sven die Vorzüge des Brustsexes genießen. Rita kniet vor Sven

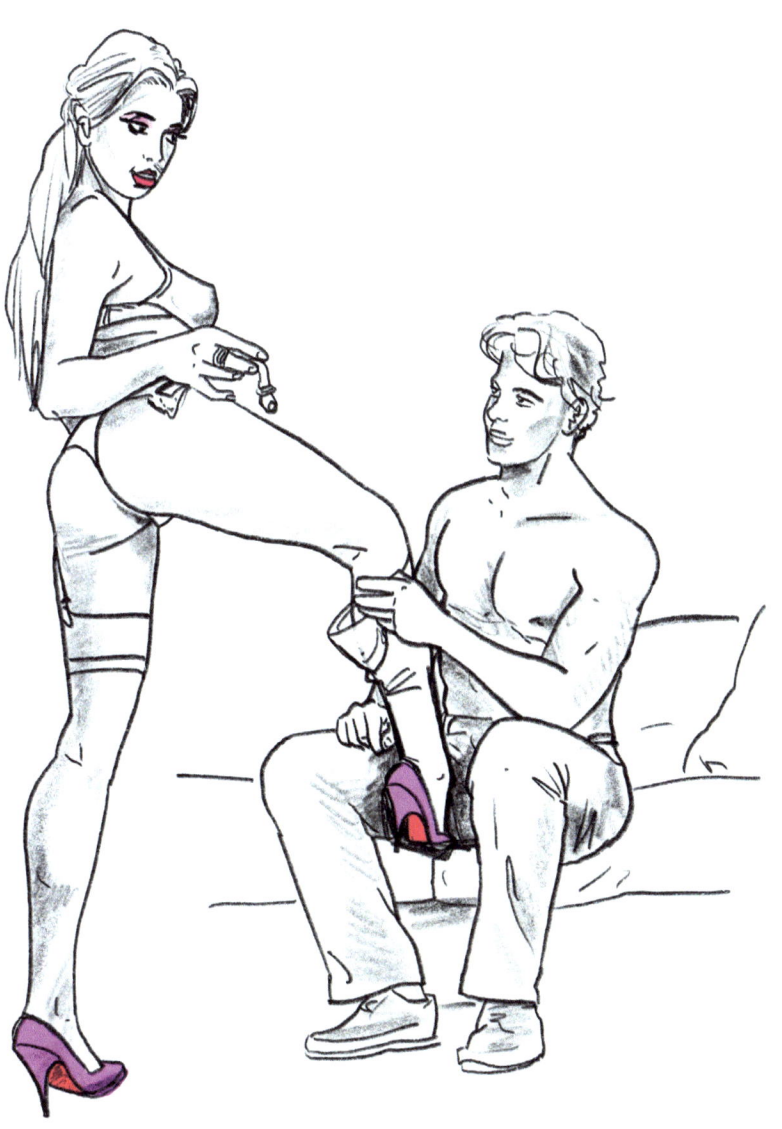

und verwöhnt ihn. Und sie macht sogar noch mehr als nur Busensex. Immer wenn sein Penis oben zwischen den Brüsten herausschaut leckt sie mit ihrer Zunge darüber. Sven ist total erregt und versucht, seinen Penis so weit wie möglich oben herausschauen zu lassen. Als ihm das gelingt, verschwindet seine Eichel in Ritas Mund. Sven kommt dabei voll in Fahrt. Jedoch hört Rita dann wieder auf.

„So, jetzt hab ich noch mein Höschen und du deine Socken an. Damit wird das wohl die letzte Karte werden. Du entscheidest mit deiner Antwort, wer das Spiel gewinnt. Und was passiert dann?" „Nun, das hängt davon ab, wer gewinnt. Der darf entscheiden, wie es weitergeht." Sven wählt Kreuz. Ganz langsam dreht er die entscheidende Karte um. Leider kommt aber das Herz-Ass zum Vorschein. „Dann hab ich gewonnen?", jubelt Rita. „Du musst nun noch deine Socken ausziehen." Sven lächelt und macht das. „Wie möchtest du jetzt weitermachen?" „Leg dich bitte auf das Sofa, Sven, und lass dich überraschen." Sven folgt der Bitte und Rita zieht derweilen ihr Höschen aus. Sie kniet sich über Sven. Ihre Vagina ist über Svens Gesicht. Rita fängt an, mit seinem Penis zu spielen. Zunächst massiert sie ihn mit den Händen. Dann befeuchtet sie einen Finger und stimuliert damit seine Eichel. Sven beginnt seinerseits, Ritas Schamlippen zu küssen und diese zu lecken. Unterdessen fährt sie fort und nimmt seinen Penis in den Mund. Beide genießen den Oralsex sehr. Sie kommen immer mehr in Fahrt. Ihre Erregung steigert sich bis zur Ekstase. Rita beginnt, lustvoll zu stöhnen. Auch Sven spürt, dass alles in die richtige Richtung läuft. Er unterstützt sein Küssen, Lecken und Saugen mit seinen Fingern. Dadurch beginnt Ritas Körper leicht vor Erregung zu beben. Sie findet das geil und muss sich etwas beherrschen, damit sie auch weiter mit Svens Penis spielen kann. Rita kommt ihrem Orgasmus schnell näher. Schneller als Sven. Dieser kann nun auch mit seinen Händen spüren, wie sehr sie erregt ist. Und als Rita ihren Höhepunkt hat, macht Sven weiter. Aber langsamer. Kurz darauf ist es auch bei ihm so weit. Rita kann das anfängliche Zucken in Svens Penis schon fühlen. Sie steigert ihr Tempo und gleich darauf spritzt das Sperma heraus. Rita reibt mit ihrer Hand weiter an seinem Penis. Nun möchte sie auch noch den letzten Tropfen aus ihm herausholen. Sven muss nun mit seinen Liebkosungen an Ritas Vagina aufhören. Er kann einfach nicht mehr, da sein ganzer Körper bebt und er einen so ausgiebigen Orgasmus erlebt. Als wirklich kein Sperma mehr aus seinem Penis herausfließt, hört Rita auf. „Irre! Das war total irre!" „Find ich auch." „So etwas hab ich noch nie erlebt, Rita." „Tja, das freut mich. Da bist du aber nicht der Einzige." Rita dreht sich um und kuschelt sich an Svens Brust. Zärtlich streicheln sie sich gegenseitig.

Schweigend liegen sie so aneinandergekuschelt auf dem Sofa. „Schade, dass die Zeit so schnell vergangen ist. Es hat mir richtig Freude mit dir bereitet, Rita." „Ja, ich find es auch schade. Und toll fand ich es auch. Kann ich noch kurz duschen gehen?" Sven hat natürlich nichts dagegen und legt Rita noch ein Handtuch heraus. Kurze Zeit später stehen sie beide wieder angekleidet im Flur. „Ich werde nun leider gehen müssen, denn ich hab morgen schon ganz früh Termine. Vielleicht ergibt sich ja nochmal so ein Spieleabend", meint Rita augenzwinkernd. „Wer weiß. Vielleicht. Es ist auf jeden Fall eine Überlegung wert. So ein Erlebnis möchte man doch mehr als nur einmal haben." Rita nickt. Dann umarmen sie sich zur Verabschiedung und drücken sich noch ein Küsschen auf die Wangen. Schließlich geht Rita nach Hause.

STEFANIA

Sven ist ein paar Wochen lang beruflich sehr eingespannt. Abends, zu Hause, ist er immer relativ fertig. Eines Abends klingelt es unvermittelt an seiner Wohnungstüre. Sven öffnet und vor ihm steht eine Frau. „Hallo. Ich bin die neue Nachbarin, Stefania. Ich wollte mich kurz vorstellen." „Oh. Sehr erfreut. Ich bin Sven. Möchtest du auf einen Sprung hereinkommen?" „Gerne. Wenn es deine Zeit erlaubt." „Klar. Hübsch schaust du aus", sagt Sven. Sie trägt eine sehr enge Jeans und ein megakurzes Top. Es ist aber noch lang genug, dass man die Brüste nicht herausschauen sieht. Nachdem sie ihre Sneakers ausgezogen hat, begeben sie sich ins Wohnzimmer. Sven bietet ihr etwas zu trinken an und versorgt dann sich und Stefania mit Wasser. Auch ein paar Knabbereien stellt er auf den Tisch. Dann setzt er sich zu ihr. Als Erstes reden sie darüber, wie die neue Wohngegend für Stefania ist. Als draußen gerade ein paar schwarze Wolken am Himmel aufziehen, bietet es sich an, über das Wetter zu sprechen. Als dieses Thema relativ ausgereizt ist, kommen sie auf Hobbys und ihre Berufe zu sprechen. „Was machst du beruflich, Sven?" „Ich bin Grafiker." „Grafiker? Na, da habe ich eine Idee. Entschuldige mich kurz." Stefania steht auf und verschwindet kurz. Als sie ein paar Minuten später zurückkehrt, trägt sie nur noch ein Spitzenhöschen und ein Negligé. Beides in Cremefarben. Sie setzt sich wieder auf das Sofa. „Du siehst toll aus. Und was hast du jetzt vor, Stefania?" „Da du ja Grafiker bist, könntest du doch bestimmt ein Bild von mir zeichnen." „Ein Bild? Verlockende Vorstellung." „Ich würde mich hier auf dem Sofa schön in Pose werfen und du zeichnest mich." „Also gut. Ich muss nur kurz etwas holen." Sven geht in sein Arbeitszimmer und holt einen Block, Bleistift und Radiergummi. „So. Da bin ich wieder. Dann zeig mir doch mal die Pose, in der du gemalt werden willst." Stefania legt sich auf das Sofa. Dabei liegt sie auf ihrer rechten Seite und stützt ihren Kopf auf die rechte Hand. Die linke Hand legt sie auf ihren

Bauchnabel und die Beine liegen leicht übereinander geschlagen, aber ausgestreckt da. Sven nimmt den Bleistift zur Hand. Er betrachtet Stefania und beginnt, hoch konzentriert auf dem Bleistift herumzukauen. Sie lächelt ihn an und bemerkt, dass er offenbar voll in seine Arbeit zu versinken droht. „Du, Sven?" Doch er reagiert nicht und beginnt, die ersten Striche zu Papier zu bringen.

„Sven!", gibt sie jetzt in einem raueren, befehlsartigeren Ton von sich. Der Angesprochene zuckt kurz zusammen. „Äh … ja … ist irgendetwas?" „Ja, ist es. Warum konzentrierst du dich so aufs Zeichnen? Das war von mir nicht beabsichtigt." „Oh, entschuldige. Da hat sich wohl mein Arbeitsmodus eingeschaltet." Jetzt, als Sven wieder geistig anwesend ist, skizziert er mit ein paar Strichen die Silhouette von Stefania. Dann grinst er fröhlich und zeigt es ihr. „Gefällt mir. Könntest du dich etwas auf

meine Brüste stürzen? Ich finde diese echt toll und denke, dass du sie in der Skizze etwas zu kurz kommen lässt." Also schaut Sven nochmals genauer hin. Dann greift er auch zu. Da sich die eine Brust so toll anfühlt, greift er nach der zweiten mit seiner anderen Hand. „Und?" „Du hast Recht. Deine Brüste kommen viel zu wenig zur Geltung. Und das, obwohl sie so toll geformt und weich sind. Und dennoch stehen die wie eine Eins da." „Sag ich doch." Sven nimmt die Skizze wieder zur Hand und beginnt, das Bild entsprechend zu verbessern. Damit bekommen Stefanias Brüste nun in dem Bild die Aufmerksamkeit, die diese verdient haben. Als er so weit ist, zeigt er ihr das Bild wieder. „Toll. Jetzt bin ich zufrieden." Stefania krabbelt zu Sven hinüber, nimmt ihm Bild und Bleistift aus der Hand und küsst ihn. „So, jetzt bin ich dran." „Womit?", fragt Sven. „Na, jetzt musst du dich ausziehen und ich male dich auf dem Bild hinzu." Das überrascht ihn jetzt. Aber die Vorstellung findet er total prickelnd.

Kurz darauf liegt Sven in seiner Unterhose auf dem Sofa. Stefania beginnt, ihn auf das Bild zu zeichnen. Sven findet sich in ungewohnter Rolle und vor allem in ungewohntem Outfit. Da ihn das leicht nervös macht, liegt er nicht sehr lange ruhig auf dem Sofa. „Sven! Du musst schon bewegungslos ausharren. Ansonsten kann ich dich nicht gut zeichnen!" Sven zuckt kurz zusammen. Dann reißt er sich am Riemen und hält still. Es dauert nur wenige Minuten, bis ihm Stefania ihr Kunstwerk präsentiert. „Wow! Das hätte ich jetzt nicht erwartet." „Schön, gell?" „Beeindruckend. Vor allem, wie du auf das gekommen bist, frag ich mich." „Tja, das verrate ich nicht. Aber ich hätte jetzt gute Lust darauf, das Bild so nachzustellen und dann …" „Und dann schauen wir mal, was sich noch so entwickelt?" „Genauso wollte ich es sagen."

Sven legt sich wie auf dem Bild auf den Rücken. Stefania zieht Sven seine Unterhose aus und nimmt ihre Position von vorhin ein und legt sich aber Haut an Haut zu Sven heran. Dann nimmt sie mit ihrer linken Hand seinen Penis in die Hand und macht einen Kussmund. „So. Bild fertig nachgestellt. Wie findest du das, Sven?" „Geil. Und da du jetzt eh schon alles im Griff hast, lass uns doch weitermachen." Stefania beginnt, Sven zu küssen und massiert mit ihrer linken Hand seinen Penis. Sven ist so geil, dass es gar nicht mehr bedarf und er jetzt schon einen Orgasmus hat. „Oh! Das ging aber schnell!", ruft Stefania. Sven ist auch völlig überrascht. „Können wir trotzdem noch weitermachen?" „Aber gerne doch." Sven entschuldigt sich und verschwindet kurz zum Duschen ins Badezimmer. Als er wieder zurückkehrt, liegt Stefania splitterfasernackt auf dem Sofa und spielt an ihrer Muschi herum. „Das sieht echt verlockend aus. Lässt du mich mitspielen?" „Aber immer doch. Komm her, Sven." Dieser springt sofort neben Stefania. Dann beugt er sich über ihre Vagina und beginnt, sie oral zu stimulieren. Unterdessen streichelt sie Sven überall, wo sie hinkommt. Mit seiner Zunge lässt Sven keine Stelle an ihrer Vagina aus. Stefania ist ganz heiß und flüstert ihm zu: „Komm. Nimm mich jetzt. Ich will deinen Schwanz in mir spüren." Sven lässt sich das nicht zweimal sagen. Er kniet sich über sie und dringt langsam in sie ein. Erst lässt er immer nur seine Eichel ein kleines Stück in sie eindringen. Stefania wird davon ganz wahnsinnig. „Quäl mich nicht so. Steck in ganz rein und besorg es mir!" Das ist Svens Startschuss. Ganz tief dringt er so wie gewünscht in sie ein und beginnt mit intensiven Stoßbewegungen. Dabei variiert er sein Tempo. Mal langsamer, mal schneller und mal kurz innehaltend. Stefania stöhnt vor Lust und Sven genießt dies. Er greift sich ihre Füße und fährt mit seinen Zeigefingern zwischen den großen und den nächsten Zeh. Er drückt ihre Beine in Richtung Oberkörper und kann so noch tiefer in sie eindringen. Schier wahnsinnig vor Lust, stöhnt Stefania und treibt Sven an. „Weiter, Sven. Nicht aufhören. Schneller. Ich komme gleich." Sven wird immer schneller und merkt, wie auch er sich auf gutem Wege zu einem neuerlichen Orgasmus befindet. Stefania kann gleich nicht mehr. Sie flippt fast aus vor Ekstase. Sven stößt immer weiter zu. Er beugt sich zu ihr hinunter und küsst sie. Dann merkt er, wie sie ihren Höhepunkt hat. Sven kann aber jetzt nicht aufhören. Er kommt auch gleich. Stefania packt mit ihren Händen zu und treibt ihn weiter an. So passiert es, dass auch er gleich seinen zweiten Orgasmus hat.

„Wow. Ich hatte noch nie zwei Orgasmen so kurz nacheinander. Du bist echt der Wahnsinn!" „Toll, dass es dir offenbar auch so gut gefallen hat wie mir. Wollen wir noch gemeinsam duschen gehen?" Sven nickt. Er lässt ihre Füße los und beginnt, sie überall zu küssen. Dann stehen beide auf und gehen ins Badezimmer.

Nacheinander hüpfen sie unter die Dusche. Stefania darf als Erstes und Sven reicht ihr ein Handtuch. Während er sich dann abduscht, zieht sich Stefania an. Als dann Sven auch fertig ist, gehen sie zurück ins Wohnzimmer und beginnen, über verschiedene Sexerlebnisse zu reden. „Bist du nur rübergekommen, um Sex mit mir zu haben?" Stefania beginnt, schelmisch zu grinsen. „Wer weiß?" „Du bist ein klein wenig verrückt." „Hat sich doch gelohnt für uns beide, oder?" „Ja. Da hast du natürlich Recht. So einen schönen Abend hatte ich schon seit Wochen nicht mehr." „Siehst du. Es hat also so sein sollen." Dann lachen beide los. Wenig später steht Stefania auf. Sie verabschieden sich recht herzlich und Stefania verschwindet im Treppenhaus in Richtung ihrer Wohnung.

TANJA UND ULLA

Svens Treffen mit Stefania ist nun schon ein paar Wochen her, aber er ist beruflich weiterhin so richtig im Stress. Er sitzt gerade im Flieger von Berlin nach Frankfurt. Ganze zwei Wochen war er bei einem wichtigen Kunden. Jetzt muss er all das Besprochene bei der Arbeit umsetzen. Der Kunde hat ihm zugesagt, dass ihm dabei seine Assistentin Tanja zur Hand gehen wird. Diese wird sich bei ihm am Donnerstag persönlich vorstellen. Also hat er nicht viel Zeit. Die Kampagne für den Sanitärvertrieb kostet ihn ganz schön Nerven. Es wäre nun an der Zeit, dass er ein positives Feedback bekäme, um wieder mehr Spaß daran zu haben. Aber was soll's. Sven stürzt sich die nächsten beiden Tage in die Arbeit.

Am Donnerstag gegen 15 Uhr klopft Tanja an seiner Bürotür. Sven schaut auf und sieht eine Frau mit einem tollen roten, knielangen Kleid. „Hallo. Du musst Tanja sein. Komm doch rein." „Und du bist sicherlich Sven. Hallo. Können wir die Änderungen schon durchgehen? Ach und noch etwas. Meine Mitarbeiterin wird noch nachkommen. Ich hoffe, dass das kein Problem darstellt." „Nein. Geht schon in Ordnung." Sven beginnt, Tanja seine Ideen zu der Kampagne vorzustellen. Da gibt es tolle Gestaltungsmöglichkeiten für Plakate und Homepage. Tanja hört sich alles in Ruhe an und wirkt begeistert. Sven steht auf und geht in Richtung eines Schrankes. „Also, ich hab mir noch etwas Spezielles ausgedacht." Gerade als er in den Schrank hineingreift und ein kleines Päckchen herausholt, klopft es an der Türe. Herein kommt Ulla. Sie trägt ein schwarzes Cocktailkleid. Nach kurzer Begrüßung setzt sich Sven wieder hinter seinen Schreibtisch und öffnet das Päckchen. Er holt ein Kartenspiel heraus. „Was willst du denn damit?", fragt Tanja. „Ich hab mir gedacht, dass ihr ein Kartenspiel haben solltet. Eines, auf dem auch eure Produkte gut zur Geltung kommen. Wie zum Beispiel eine beleuchtete Badewanne oder ein LED-Duschkopf." Die anderen beiden grinsen erfreut. „Und wie soll das dann funktionieren? Wie ein Quartett?" „Nein. In der Regel ist man im Badezimmer ja nackt oder zumindest leicht bekleidet. Man geht duschen, baden oder schminkt sich. Und auf den Karten könnt ihr sehen, dass all dies darauf abgebildet ist. Ein besonderer Clou sind die kurzen Anweisungen, die auf jeder Karte unten abgebildet sind. Wer also die höchste Karte gezogen hat, liest die Anweisung vor und dann …"

„Klingt aufregend", entfährt es Tanja. „Ja, find ich auch", ergänzt Ulla. „Also, Sven. Wenn auch Ulla einverstanden ist, würde ich das jetzt sofort mal ausprobieren wollen." Ulla nickt zustimmend. Somit bleibt Sven gar nichts anderes übrig, als auch mitzumachen.

Sven mischt alle Karten kräftig durch und verteilt diese anschließend in einem großen chaotischen Haufen auf dem Tisch. Reihum ziehen alle drei eine Karte. Tanja hat Glück und gewinnt mit einem Ass. „Oh. Jetzt darf ich die erste Anweisung vorlesen. Jeder, der ein Hemd trägt, muss ein paar Knöpfe öffnen." Da Sven der einzige Hemdträger ist, macht er dies. Tanja und Ulla können nun einen bewundernden Blick auf seine haarfreie Brust werfen.

Weiter geht es. Und wieder gewinnt Tanja mit einem Ass. „Du hast echt ein gutes Händchen", sagt Ulla bewundernd. „Das stimmt. Aber nun bin ich wieder mit einer Anweisung dran. Und nun? Wie passend. Da steht, dass eine Person einer anderen etwas ausziehen soll. Dann würde ich vorschlagen, dass Ulla Sven aus dem Hemd hilft." Sven und Ulla stehen beide auf und stellen sich vor den Schreibtisch. Ulla beginnt nun, die restlichen Knöpfe zu öffnen. Als sie den letzten auf hat, tritt sie hinter Sven und zieht sein Hemd über seine Arme nach unten und lässt es dann zu Boden fallen. Bevor sie wieder zum Stuhl geht, gleitet sie noch sanft mit ihren Händen über Svens Rücken.

Dann ist die nächste Runde dran. Und diesmal reicht es für Sven, eine Neun zu haben. „Haha. Jetzt bin ich dran. Und hier steht ein kurzes Spiel darauf. Lasse dich mit verbundenen Augen küssen und errate, wer es war." Sven holt schnell eine Augenmaske und zieht diese über die Augen. Tanja und Ulla drehen Sven im Kreis, bis er etwas ins Taumeln gerät. Dann erfolgt der erste Kuss. Dieser ist sehr leicht und zärtlich. Nach diesem kommt ein etwas festerer Kuss. Dabei werden die Lippen wirklich aufeinandergepresst. Weiter geht es zu Kuss Nummer drei. Dabei handelt essich um einen sanften Kuss und anschließend wird zärtlich an seiner Unterlippe gezogen. Abschließend folgt noch der letzte Kuss. Dieser ist nur ein Hauch einer Berührung. Doch nach der kurzen Berührung fährt eine Zunge zärtlich über seine Lippen. „So, Sven. Das war's. Jetzt musst du erraten, welcher Kuss von wem war", spricht Tanja. „Nun ich würde tippen, dass der erste von Ulla war." „Nein, das ist falsch." „Oh schade. Aber gut. Der zweite war, glaube ich, von Tanja." „Ja, das ist korrekt." „Der dritte war auch von Tanja." „Auch das stimmt." „Und der vierte war von Ulla." „Richtig. Und weißt du, was wir überlegt hatten, Sven?" „Nein, Tanja." „Dass nur ich dich küsse." „Das wäre aber gemein gewesen." „Aber lustig", ergänzt Ulla und dann lachen alle drei los.

Als alle wieder sitzen, kommt die nächste Rund Kartenziehen dran. „Was für ein Glück. Ich gewinne auch einmal", sagt Ulla freudestrahlend und hält eine Dame in die Höhe. „Aber was steht hier denn drauf? Das ist ja so ähnlich, wie gerade eben. Jemandem sollen die Augen verbunden werden und die anderen berühren ihn zärtlich. Diese Person soll dann erraten, wer es war." „Cool", sagt Tanja. „Da musst du nochmal ran, Sven." Alle stehen wieder auf und Sven zieht die Augenmaske über. Dann wird er wild gedreht. Viermal wird nun Sven über den Rücken gestreichelt. Er versucht, Unterschiede zu erspüren. Es ist aber extrem schwer. Noch dazu, wo sich alle Hände gleich kühl anfühlen. Kann es sein, dass ihn nur eine von beiden streichelt? „So, Sven. Dann rate mal los", sagt Tanja. „Es ist echt schwer. Ich würde mal tippen, dass ich vier Mal von Tanja gestreichelt wurde." „Herzlichen Glückwunsch. Da hast du drei Mal richtig gelegen." „Oh. Und welches Mal war von Ulla?" „Von mir war der letzte Streichler." „Hm. Ich hab da keinen Unterschied gespürt. Aber egal. Drei von vier ist ja auch nicht schlecht." „Eben."

Und weiter geht es. Als alle wieder sitzen, zieht jeder wieder eine Karte. Wieder einmal gewinnt Tanja mit einem Ass. „Gut, dass nun drei der vier Asse aus dem Spiel sind", meint Sven und grinst. Tanja liest, was auf der Karte steht. „Lass eine Person die Beinbekleidung ausziehen. Dann darf wohl Ulla dem Sven die Hose ausziehen." Sven und Ulla stellen sich vor den Schreibtisch. Ulla beginnt, den Hosenknopf und den Reisverschluss zu öffnen. Dann zieht sie Sven die Hose hinunter und hilft ihm dabei, mit seinen Beinen herauszuschlüpfen. Beim Aufstehen fährt sie mit beiden Händen die Beine entlang bis zur Unterhose. Dort ertastet sie seinen Penis. „Ah. Was hat sich denn hier versteckt? Und das scheint auch schon sehr groß zu sein." „Zeig mal, Ulla." „Nein, das ist jetzt mein Spielzeug. Du gabst die Anweisung, nur die Hose auszuziehen. Das, was ich dort finde, gehört mir." „Oh, Mann", meint Tanja enttäuscht.

In der nächsten Runde Kartenziehen gewinnt Ulla mit einem König. „Oh, nun soll jemand seine Unterwäsche verlieren. Ich hätte also gerne, dass Tanja Sven die Unterhose auszieht." „Jippie", freut sich Tanja. Sven geht zu Tanja hinüber und stellt sich vor sie hin. Diese fährt von oben in den Bund hinein und zieht die Unterhose langsam über Po und Penis. Während die Unterhose zu Boden gleitet, ergreift Tanja Svens Pobacken und knetet diese ein wenig. „Strammer Po. Toll." „Danke." „Und hier ist also das Prachtstück, das von Ulla schon ertastet wurde. Lass mich mal …" Ohne den Satz fertigzusprechen, lässt Tanja Svens Penis in ihrem Mund verschwinden. Sie lutscht und küsst und leckt ihn ein wenig. „Ich find das alles wunderbar", gibt sie nach

einer Weile von sich. Dann lässt sie von Sven ab und dieser setzt sich wieder auf seinen Stuhl.

Sven ist schon ganz gespannt, wer nun gewinnt. Und er hat wieder Glück. Mit einer Sieben hat er die höchste Karte. „Hähä. Und jetzt würde ich sagen, dass ihr euch gegenseitig die Kleider auszieht." „Steht das da drauf?" „Nein, aber ich fände es gut, wenn ich nicht alleine so nackt bin." Gesagt, getan. Doch die beiden Damen stellen sich nicht vor den Schreibtisch. Nein. Sie knien sich darauf und helfen sich gegenseitig aus den Kleidern. Kaum sind die Kleider abgelegt, kann Sven erkennen, dass beide völlig nackt darunter sind. Er freut sich. Das war es aber noch nicht. Tanja und Ulla streicheln sich gegenseitig über die Brüste und beginnen, sich zu küssen. Zuerst vorsichtig herantastend, aber dann werden die Küsse immer intensiver. Sven beobachtet dies eine Zeit lang und wird ganz heiß auf die beiden. Schließlich stellt er sich zu ihnen und beginnt, sie zu küssen. Das sieht ein wenig verrückt aus aber die drei küssen sich gleichzeitig. Ein Kunststück. Sven beginnt, an Tanjas Brüsten zu spielen und versucht, diese zu liebkosen. Unterdessen beginnt Ulla, seine Brustwarzen zu lecken. Als diese ganz fest sind, küsst sie sich über Brust und Bauch bis zu seinem Penis. Dann beginnt sie, diesen zu blasen. Sven und Tanja sind derweilen mit küssen und streicheln beschäftigt. Wobei Sven nicht nur Tanjas Rücken, sondern vor allem ihre Brüste mit seinen Händen streichelt und knetet. „Ich will dich jetzt reiten, Sven", flüstert Tanja zwischen den Küssen. Dann gibt sie ihm einen kleinen Schubs und Sven liegt auf dem Rücken. Sie setzt sich auf seinen Penis und beginnt, diesen zu reiten. Ulla muss mit Blasen aufhören. Sie widmet sich jetzt Svens Mund und sie küssen sich. Tanja reitet immer weiter. Ulla kniet sich nun über Svens Mund und dieser beginnt, sie zu lecken. Unterdessen knetet Ulla Tanjas Brüste und versucht, diese zu küssen. Das ist aber während den Reitbewegungen gar nicht so einfach. Tanja wird langsamer und greift nach Ullas Kopf. Beide küssen sich. Sven leckt immer noch fleißig Ullas Vagina. Tanja reitet wieder los und wird nun so richtig wild dabei. Ulla steht auf und holt einen Vibrator aus ihrer Handtasche. Dann kniet sie sich hinter Tanja und lässt diesen in ihren Po hinein-gleiten. Angespornt von dieser Aktion, wird Tanja schneller und wilder und ist schon kurz vor ihrem Höhepunkt. Sven verstärkt nun auch sein Stoßen und dann kommt Tanja mit einem spitzen Schrei zu ihrem Orgasmus. Sie sinkt zu Sven herab und küsst ihn. „Jetzt will ich auch", treibt Ulla an. Tanja ist immer noch ein wenig geschafft. Ulla setzt sich auf sie und beginnt, auf Tanja zu reiten. Sven lässt sich derweilen von Ulla einen blasen. Wäh-rend Ulla dies tut, massiert sie auch seine Eier und Tanja ver-sucht, seine Prostata zu stimulieren. „Geil macht ihr das", kann Sven glücklich von sich geben. Tanja schiebt Ulla den Vibrator in die Vagina, während diese versucht, nun schneller zu reiten. Allerdings ist das mit dem Blasen nicht mehr ganz so einfach. Kurzerhand kniet sich Sven hinter Ulla und stößt seinen Penis in ihren Po. Bis zum Anschlag. Ulla zuckt kurz zusammen. Als Sven dann langsam zu stoßen beginnt, bereitet ihr dies wahrlich Vergnügen. Sie reitet wieder schneller und Sven stößt dann auch schneller zu. Sein Tempo behält er bei und ergreift dabei ihre Brüste. Jetzt fühlt er sich pudelwohl und treibt seine Lust immer weiter an. So erregt, kann er sich gar nicht mehr beherrschen. Ulla spürt Svens Ekstase und auch sie ist schon auf einem sehr guten Weg. Tanja liegt derweilen immer noch leicht erschöpft unter Ulla. Aber sie kann ihre Beine streicheln, was beiden ge-fällt. Plötzlich stöhnt Ulla auf und sie durchfährt ihr Höhepunkt. Sven jedoch macht weiter und weiter. Auch er ist schon fast so weit. Er zieht seinen Penis heraus und krabbelt schnell zu Tan-ja hinüber. Dann spritzt er über ihre Brüste. Ulla hört nun auf zu reiten, bleibt aber noch sitzen. Sven ergießt sein Sperma über Tanjas Brüste. Dann kriecht er zu Ulla zurück und steckt sei-nen Penis wieder in ihren Po und beginnt, sie erneut zu stoßen. „Oh, du Wahnsinniger. Hast du noch nicht genug?" „Nein, hab ich nicht. Ich möchte gerne weitermachen." Und das tut er dann auch. Das geht noch eine Weile so. „Jetzt wechselt bitte die Stel-lung. Ich möchte Tanja noch von hinten nehmen." Ulla legt sich auf den Rücken und Tanja kniet sich über sie. Beide können sich gegenseitig die Vagina lecken. Sven stellt sich hinter Tanja und lässt seinen Penis auch in ihren Po gleiten. Dann stößt er zu. Zuerst langsam und dann immer schneller. Er drückt dabei immer fester auf Tanjas Becken, so dass diese schließlich komplett auf Ulla liegt. Dadurch kann diese nun Svens Eier lecken und auch in ihrem Mund verschwinden lassen. „Oh. Das ist echt geil. Hör nicht auf." Und das tut sie auch nicht. Sven stößt immer fester zu. Das Eierlecken bringt ihn auf hundertachtzig. Er wird schneller und seine Eier verschwinden komplett in Ullas Mund. Das gibt ihm den Rest. Es dauert nur noch kurz und Sven erlebt einen zweiten Höhepunkt. „Das war echt geil, ihr beiden." Tanja und Ulla können das nur bestätigen.

Erschöpft liegen die drei noch ein wenig auf dem Schreibtisch herum. Irgendwann stehen sie aber auf und ziehen sich an. „Also, das mit dem Kartenspiel kann einem wirklich viel Spaß bereiten. Bist du sicher, dass hier unsere Sanitärartikel auch wirklich zur Geltung kommen und dies eine gute Werbung für uns ist?", fragt Ulla. „Ich bin mir nicht sicher, ihr beiden. Allerdings ist das bestimmt ein guter Marketinggag." Tanja pflichtet dem bei. „Es ist ganz sicher eine gute Werbung. Und so wie die Karten gestaltet sind, kommen tolle beleuchtete Badewannen, Duschen und Waschbecken darauf vor. Das könnte den ein oder anderen schon dazu verleiten, sich auch solche Dinge einbauen zu lassen." Ulla nickt. Sven freut sich. „Ich werde dich benachrichtigen, wenn wir das so machen wollen." „Alles klar, Tanja."

Nachdem alle wieder vollständig angezogen sind und auch so weit alles andere besprochen wurde, verabschieden sich Ulla und Tanja von Sven. Dieser räumt noch kurz sein Büro auf und geht anschließend mit einem zufriedenen Lächeln nach Hause.

VIOLETTA

Sven ist gerade beruflich in Hamburg. Da sein Termin so ungünstig liegt, dass er am Abend nicht mehr nach Frankfurt zurückfliegen kann, hofft er, dass er in der Hotelbar einen guten Gesprächspartner oder, noch lieber, eine gute Gesprächspartnerin finden wird. Und nun sitzt Sven nur in der Lobby des Hotels Ozean. An der Bar war kein Platz mehr frei. Aber hier in der Lobby ist es auch nicht schlecht. Man kann in Ruhe das bunte Treiben beobachten. Ein Kommen und Gehen ist das hier. Da verliert man sehr leicht den Überblick. Fasziniert schaut er dem Personal an der Rezeption zu und bewundert, wie es bei der ganzen Hektik so ruhig bleiben kann. Aus dem Augenwinkel sieht er eine Bewegung. Er wendet sich um und sieht eine brünette, gutaussehende Frau auf sich zukommen. Sie trägt ein dunkelblaues, elegantes, knielanges Kleid und hat eine Handtasche über ihrem linken Unterarm hängen. Zielgenau läuft sie geradewegs auf ihn zu. Wenn die jetzt mit mir reden würde, wäre das genial, denkt er noch so, als plötzlich … „Entschuldigung. Wärst du so nett und begleitest mich in das Hotelrestaurant?" Sven ist total überrascht von dieser Frage. „Ähm … ja … äh … wie kommst du auf diese Frage?" „Oh, Entschuldigung. Ich bin Violetta. Eigentlich war ich hier mit jemandem verabredet. Doch der Typ hat mich leider versetzt. Du sahst so aus, als ob du gerne in Begleitung wärst. Also. Wie schaut's aus?" „Danke, Violetta. Das mache ich natürlich gerne. Und übrigens. Ich heiße Sven." „Freut mich. Ach, ich Schussel. Ich hab gar nicht gefragt, ob du Hunger hast." „Oh. Stimmt. Ja, den hab ich tatsächlich." „Sehr gut." Sven bietet Violetta seinen Arm an. Sie hakt sich unter. Dann begeben sie sich durch die Lobby zum Restaurant.

Dort bringt sie ein Kellner zu ihrem Tisch. „Bist du öfter hier, Sven?" „Nein, das ist heute mein erstes Mal." „Warst du schon mal in Hamburg?" „Ja, aber noch nie über Nacht. Kannst du mir irgendetwas von der Karte empfehlen?" „Also eine Hamburger

Spezialität ist Fisch. Daher würde ich dir die Forelle mit den Ofenkartoffeln ans Herz legen." „Klingt gut. Nimmst du das auch?" „Ja." Als die Bedienung wieder zu ihrem Tisch kommt, bestellt Sven das Abendessen und dazu einen Weißwein. Danach lässt er sich von Violetta etwas über Hamburg erzählen. Auf diese Weise bleibt es kurzweilig, bis das Essen serviert wird.

„Da hast du mir das Richtige empfohlen. Die Forelle ist wirklich gut." „Da bin ich aber froh. Mir schmeckt sie auch super." Dann stoßen beide noch auf dieses interessante zufällige Aufeinandertreffen an. Während des Essens wird Sven ein wenig über Frankfurt ausgefragt und Violetta darf weiter über Hamburg erzählen. Als sie mit dem Essen fertig sind und auch das Geschirr abgeräumt wurde, lädt Sven Violetta noch an die Bar ein. Er geht zu ihr hinüber und reicht ihr wieder seinen Arm. Sie hakt sich unter und dann schlendern sie gemütlich durch die Lobby zur Bar. Glücklicherweise sind dort nun ein paar Plätze frei. Dort angekommen, bestellt Sven zwei Cocktails. „Schau mal, Violetta. Dort drüben gibt es eine gemütliche Nische. Wollen wir uns vielleicht dahin setzen?" „Gerne." Sven lässt Violetta um den Tisch in der Nische herumrutschen und setzt sich dann neben sie. Kurz darauf bringt der Kellner die Cocktails. Sie prosten sich zu und trinken einen Schluck. Nach dem Abstellen der Gläser legt Sven seine Hand auf Violettas Schoß. Sie greift nach seiner Hand und lädt diese ein, unter ihr Kleid zu gleiten. Sven folgt dem gerne und fragt: „Du hast gar nichts drunter?" „Nein. Natürlich nicht. Ich liebe es, ohne Unterwäsche herumzulaufen. Das ist wirklich befreiend." „Wahnsinn. Durch das tolle Kleid sieht man das nicht." „Das ist auch gut so." Sven fährt weiter unter das Kleid und Violetta öffnet ein wenig ihre Beine. Jetzt ist der Weg zu ihren Schamlippen frei. Sven ertastet diese und streicht so sanft wie möglich darüber. Dann rutscht er ganz nahe an Violetta heran. Sie heben nochmals die Gläser und trinken einen weiteren Schluck von dem leckeren Cocktail. Anschließend greift Violetta vorsichtig an Svens Oberschenkel und fährt diesen hinauf bis zu seinem Schambereich. „Ach. Da ist ja noch jemand

ohne Unterwäsche." Sven grinst ein wenig verschmitzt. „Natürlich. An manchen Tagen geht es mir so wie dir. Und zufällig ist heute so ein Tag." Beide lachen laut los. Da sehr viele Menschen in der Bar sind, trinken die beiden gemütlich ihre Cocktails aus und spielen ein wenig mit dem Schambereich des anderen. Damit heizen sie sich gegenseitig ein und bleiben relativ unauffällig. Nach dem letzten Schluck Cocktail begleitet Violetta Sven in den fünften Stock zu seinem Zimmer.

Während Sven die Türe hinter ihnen schließt, greift ihm Violetta unvermittelt an seinen Po. „Geil. Ich liebe einen knackigen Arsch. Der macht mich immer total scharf." Sven dreht sich um, greift Violetta an der Hüfte und zieht sie zu sich heran. Heißblütig beginnen sie sich zu küssen. Nebenbei schiebt Sven Violettas Kleid hoch, bis er ihr an ihren entblößten Hintern fassen kann. Sie macht sich derweilen an seinem Hosenstall zu schaffen und befreit seinen Penis. „Ich bin so spitz. Nimm mich! Jetzt sofort!" Das lässt sich Sven nicht zweimal sagen. Er packt sie, dreht sie um und drückt sie gegen den Schrank. Dann dringt er von hinten in sie ein und beginnt mit kraftvollen Stößen. Violetta stöhnt vor Lust. Immer schneller und wilder treibt es Sven mit ihr. Dabei hält er mit beiden Händen ihr Becken fest. Härter und schneller. Das ist das, was Violetta jetzt fordert. Und Sven erfüllt diese Forderung. Und es dauert gar nicht lange, bis er kommt. Violetta fühlt, wie sein Penis vor Lust in ihr zuckt. Sie befeuert ihn, auch jetzt, nach seinem Orgasmus, nicht aufzuhören. Doch Sven wird langsamer und hört dann doch auf. Seine Hände verlassen ihr Becken und streichen über ihre Vagina zum Bauchnabel und weiter zu ihren Brüsten. Durch das Kleid hindurch knetet er diese. Violetta versucht, Sven dazu zu bringen weiterzumachen. Doch dieser macht nichts. „Ahh. Du bist so grausam zu mir." Nichts sagend, küsst er ihren Hals und streichelt ihre Brüste, während er immer noch in ihr steckt. „Ich will es mir jetzt selbst besorgen", haucht Violetta ihm zu. Sven schiebt sie so, wie sie sind, vor sich her zum Bett hinüber. Dann lässt er von ihr ab. Violetta holt einen Vibrator aus ihrer Tasche und legt sich auf das Bett. Sofort beginnt sie, sich zu verwöhnen. Immer wieder die Intensität am Vibrator verändernd, treibt sie es recht bunt mit sich selbst. Komplett in die Selbstbefriedigung versunken, stöhnt sie vor Lust und ihr Höhepunkt bahnt sich an. „Ich komme!", ruft sie und schon passiert es. Sie spritzt ab. Sven ist erstaunt. Er hat noch nie gesehen, dass eine Frau bei einem Orgasmus abspritzt. Zwei, drei Mal spritzt ihr Ejakulat auf das Bett. „Wow. Das ist das erste Mal, dass ich sowas sehe." „Echt jetzt?" „Ja echt." Violetta schaltet den Vibrator aus und bleibt ein wenig erschöpft auf dem Bett liegen. Sven legt sich zu ihr und küsst sie.

„Ich würde gerne duschen gehen. Kommst du mit?", unterbricht Sven diesen Moment. Violetta nickt. Er hilft ihr auf und sie gehen zum Badezimmer. Als sie die Türe öffnen, beginnen Svens Augen zu leuchten. „Geil. Eine begehbare Dusche. Eigentlich ist es eher ein Duschbad, bei dem der Duschbereich lediglich mit einem Vorhang abgetrennt werden kann." Violetta lächelt. „So etwas hab ich auch noch nicht gesehen. Da hast du echt ein tolles Hotel ausgesucht, Sven. Echt schade, dass ich hier immer nur essen war" „Das muss ich nun auch feststellen." „Lust auf eine zweite Runde hier im Badezimmer, Sven?" „Oh ja. Dieses Badezimmer muss man unbedingt ausnutzen und erleben." Schnell entledigen sich beide ihrer Klamotten und gehen zur Dusche. „Schau mal. Da sind ganz schön viele Düsen in der Wand verteilt." „Oha!", staunt Violetta. „Massagedüsen?" „Das vermute ich auch, Violetta. Jetzt müsste ich nur noch verstehen, wie das Ganze hier funktioniert." Sven steht vor vielen Knöpfen. „Probiere doch einfach welche aus?" „Das mach ich." Sven drückt mal hier, mal dort und die beiden erleben, wie aus verschiedenen Massagedüsen das Wasser herauskommt. Die einen sind eher für die Beine und andere für den Rücken. „Herrlich, Sven. Das ist genau das, was ich jetzt brauche. Eine Rücken- und Beinmassage." Violetta schwärmt und genießt. Da reichlich Massagedüsen vorhanden sind, bleiben auch für Sven einige übrig. Auch er steht da und genießt, wie sein Rücken und seine Beine mit sanftem Wasserdruck bearbeitet werden. Beide schmelzen förmlich dahin. Sven schaut zu Violetta hinüber. Diese hat immer noch ihre Augen geschlossen. Er geht zu ihr hin, nimmt ihren Kopf zwischen seine Hände und beginnt, sie zu küssen. Violetta genießt auch das und fühlt sich wie im siebten Himmel. Sven küsst sie weiter über ihren Hals, ihre Brüste, hinab bis zu ihren Schamlippen. Dort hält er inne und beginnt, sie oral zu verwöhnen. Violetta legt ein Bein über seine Schulter damit er besser und näher an sie herankommt. Svens Zunge spielt mit ihrem Kitzler und versetzt sie in totale Erregung. „Weiter. Mach weiter. Hör nicht auf", stöhnt sie lustvoll. Sven tut dies zunächst. Dann hält er ihr Bein mit dem Arm hoch, stellt sich vor sie und dringt in sie ein. Violetta gibt einen kurzen, spitzen Schrei von sich. Dann schmilzt sie unter seinen Stößen dahin. „Schneller, Sven. Schneller. Ich will dich spüren. Ich will kommen", spornt sie ihn an. Sven erregt das unheimlich. Er wird schneller. Dann wieder langsamer. Und wieder schneller. Zärtlich liebkost er ihren Hals. Sie greift an seine Brust und spielt mit seinen Brustwarzen und dann mit ihren eigenen. Total im Rausch der Sinne, verschmelzen beide mit ihrer Lust. Es gibt kein Halten mehr. Sven wird noch schneller, da er sich in rasantem Tempo auf seinen Orgasmus zubewegt. Violetta stöhnt laut auf. Sie hat ihn bereits. „Schneller, Sven! Fester! Ich will, dass du kommst!" Violetta stellt ihr Bein auf den Boden und holt seinen Penis aus sich heraus. Sie kniet sich vor ihn und fängt mit einem wilden, heftigen Blowjob an. Da ist es um Sven geschehen. „Weiter. Ich komm gleich." Violetta holt den Penis aus ihrem Mund und macht es ganz schnell mit der Hand. „Komm! Spritz auf meine großen Brüste! Ich will dein Sperma sehen!" Und Sven kommt. Sein Sperma ergießt sich über beide Brüste. Es läuft über die Brustwarzen und tropft zu Boden. „Geil. Violetta, das war einfach geil." „Find ich auch." Violetta steht auf und umarmt ihn. Sie duschen fertig, trocknen sich ab und kuscheln sich im Bett unter einer Decke ganz eng aneinander. Total erschöpft, aber überglücklich über dieses sexuelle Abenteuer, schlafen sie ein.

Am nächsten Morgen wacht Violetta als Erste auf. Sie kuschelt sich ganz nah an Sven und streichelt ihm zärtlich über die Wange und die Brust. Verschlafen öffnet dieser die Augen. „Guten Morgen, Sven. Hast du gut geschlafen?" Gähnend antwortet dieser:

„Ja. Wie ein Baby." „Und bist du noch müde?" „Wenn du mich so weiterstreichelst, bin ich bestimmt gleich hellwach." Da Violetta ihn sowieso weiterstreicheln möchte, tut sie das auch. Ein paar Minuten später schaut Sven schon relativ ausgeschlafen aus. „Und du? Hast du auch gut geschlafen?" „Wunderbar hab ich geschlafen. Einfach wunderbar." „Schön. Das freut mich." Zufrieden liegen beide noch eine Weile kuschelnd und streichelnd im Bett. „Was hältst du von Frühstück im Bett, Violetta?" „Ich glaub, dass es schön wäre." „Gut, dann lass ich uns was kommen." Sven schnappt sich den Telefonhörer und bestellt ein ausgiebiges Frühstück. Minuten später klopft der Zimmerservice an der Türe. Dieser wird hereingebeten. Der Zimmerservice baut einen Klapptisch auf das Bett und deckt diesen schön ein. Da dieser Klapptisch schön groß ist, kann auch das Brotkörbchen, Wurstplatte, Kaffee usw. darauf gestellt werden. Als alles zur Zufriedenheit von Sven und Violetta angerichtet ist, verabschiedet sich der Zimmerservice wieder. Unsere beiden greifen genüsslich zu und lassen es sich schmecken. „So ein Frühstück im Bett ist schon etwas Wunderbares." „Dem kann ich nur zustimmen, Sven. Leider hab ich zu Hause niemanden, der mir das so serviert." Daraufhin lacht Violetta los und Sven gleich mit. „Stell dir vor, du hättest zu Hause deinen persönlichen Zimmerservice." „Zu komisch, Sven. Aber schon irgendwie verlockend. Was ich wohl mit dem anstellen würde, wenn er gerade nichts zu tun hat?" „Du mal wieder. Was hast du jetzt für versaute Gedanken?" „Ach, tu doch nicht so, Sven. Wenn du einen weiblichen Zimmerservice hättest, würdest du dir da nicht auch Gedanken machen?" „Kommt darauf an, wie sie aussieht. Wenn das so eine uralte Hässliche wäre, dann sicherlich nicht. Aber wenn die so aussieht wie du, dann … könnte ich mir das mit Sicherheit auch vorstellen." „Oh, ein Kompliment so früh am Morgen. Das ist echt nett von dir. Ah. Mir kommt da gerade eine Idee." „Welche denn?" „Abwarten, Sven. Abwarten." „Wieso abwarten? Du kannst es doch einfach sagen." „Sei mal nicht so neugierig. Warte es einfach ab und lass dich überraschen." Violetta greift nach dem Telefonhörer und bestellt den

Zimmerservice zum Abräumen. Etwa zwanzig Minuten später klopft es an der Türe. Dieses Mal kommt eine hübsche Rothaarige herein. „Könnten Sie das bitte abräumen?" „Gerne." „Stellen Sie das einfach dort drüben hin und kommen mal her zu mir." Das Zimmermädchen geht zu Violetta und diese flüstert ihr etwas ins Ohr. Leicht irritiert schüttelt diese nur den Kopf. Violetta zieht sie nochmals zu sich hinunter und flüstert weiter. Dann steht das Zimmermädchen auf, stellt sich vor das Bett und beginnt zu strippen. Wenn Sven nicht noch im Bett liegen würde, wäre er jetzt aus den Latschen gekippt. „Violetta! Was hast du dem Mädel erzählt?" „Ach, nichts Besonderes. Schau einfach zu und genieße." Das fällt Sven nicht schwer. Als das Zimmermädchen nur noch in Unterwäsche vor dem Bett steht, ist Violetta auch schon parat. Sie öffnet ihr den BH und beginnt, mit dem Zimmermädchen zu spielen. Sie küsst und streichelt sie und zieht ihr auch noch das Höschen aus. Dann schnappt sie sich deren Halstuch und verbindet ihr die Augen. Nachdem das Zimmermädchen nun nichts mehr sieht, beginnt sie, sie oral zu stimulieren. Violetta führt das Zimmermädchen zum Bett und hilft ihr, sich hinzulegen. Sven kommt nun unter seiner Decke hervor. Seinen steifen Penis hält er dem Zimmermädchen vor das Gesicht. Diese greift zu und beginnt, ihn zu verwöhnen. Violetta ist immer noch dabei, das Zimmermädchen mit Zunge und Finger zu stimulieren. Und das scheinen beide zu mögen. Während Sven sich einen blasen lässt, schaut er interessiert Violetta zu. Diese winkt ihn nun heran. „Komm her, Sven. Sie ist so feucht und bereit für dich. Nimm sie." Das tut er dann auch. Langsam gleitet sein Penis in ihre enge Vagina und stößt zu. Violetta kniet sich über das Zimmermädchen und lässt sich ihrerseits oral stimulieren. Selber leckt sie fleißig weiter an den Schamlippen des Zimmermädchens. Und immer wenn Sven seinen Penis herauszieht, verschwindet dieser in ihrem unersättlichen Mund. Als Sven so richtig in Fahrt ist, bahnt sich bei Violetta der Höhepunkt an. Und was für einer. Sie kommt und spritzt dem Zimmermädchen über das Gesicht. „Wow. Du hast aber tolle Orgasmen, Violetta." „Das war jetzt so richtig geil, Sven." Das Zimmermädchen lässt das genüsslich mit sich machen und ist selbst schon kurz vor ihrem Höhepunkt. Violetta legt sich noch ein wenig ins Zeug und spielt mit deren Kitzler. Sven besorgt es ihr auch so richtig und dann ist es auch schon um das Zimmermädchen geschehen. Auch sie erlebt nun ihren Höhepunkt. Sven hingegen braucht noch ein klein wenig. Er lässt sich nun von den beiden gemeinsam oral verwöhnen. Sie lassen beide gleichzeitig ihre Lippen über seinen Penis gleiten und kraulen ihm die Eier. „Geil, Mädels. Jetzt nur nicht aufhören. Ich komme gleich." Und tatsächlich ist es auch bei Sven soweit. Sein Sperma ergießt sich gleichmäßig über die Brüste von dem Zimmermädchen und Violetta. Doch das ist Violetta noch nicht genug. Sie nimmt seinen Penis nochmals in den Mund und saugt so lange an ihm, bis wirklich kein Tropfen Sperma mehr herauskommt.

Das Zimmermädchen nimmt sich nun die Augenbinde ab und verschwindet im Badezimmer. Wenig später kommt sie wieder top hergerichtet heraus, schnappt sich den Servierwagen und verschwindet mit einem glücklichen Gesichtsausdruck. „Schau an, Sven. Jetzt haben wir noch jemandem eine Freude bereitet." „Oh ja. Das konnte man so richtig sehen." Violetta und Sven gehen nun auch ins Badezimmer. Dort lassen sie sich nochmals so richtig von der Dusche verwöhnen. Als Sven dann jedoch auf seine Uhr schaut erschrickt er. „Oh Mist. In zwei Stunden geht mein Flieger."

Etwa zwanzig Minuten später stehen Violetta und er vor dem Hotel Ozean und verabschieden sich. Sven bedankt sich für den reizenden Überfall von gestern und die tolle gemeinsame Zeit. Zum Dank gibt es eine herzliche Umarmung und einen Kuss. Leider ist nicht mehr Zeit. Sven springt gleich zu einem Taxi und es geht wieder ab in Richtung Heimat.

WANDA, XENIA UND YOANA

Sven bereitet sich gerade auf einen Besprechungstermin mit Wanda, Xenia und Yoana vor. Sie planen eine ausgefallene Werbung für ihr Geschäft. Da Sven jedoch nichts Näheres weiß, sucht er aus seinen Unterlagen ein paar ausgefallene Ideen heraus. Kurz vor Feierabend kommen die drei dann vorbei. Eher schafften sie es nicht. Und nun sind sie die Letzten im Büro. „Hallo, ihr drei. Ich habe von euch leider wenig Infos erhalten und mal versucht, ein paar besondere Vorschläge herauszusuchen. Ich hoffe, die gehen in die Richtung, die ihr euch vorgestellt habt." Wanda ergreift das Wort: „Hallo, Sven. Zunächst einmal danken wir dir, dass du so spät noch Zeit hast. Bevor wir loslegen, muss ich dir sagen, dass wir in der Erotikbranche tätig sind und uns auf den Vertrieb von Bondage-Sachen spezialisiert haben." Sven fällt vor Schreck sein Stift aus der Hand. „Bondage … Erotik …" „Halb so wild, Sven. Das ist nichts Gefährliches. Aber wir brauchen dafür eine total geniale Gestaltung unserer Homepage." „U… und an was habt ihr da so gedacht?" „Hast du irgendwelche Erfahrungen mit Bondage?" „Nun ja. Eher spärlich." „Nicht gut. Wenn du uns hier wirklich gut vertreten willst, musst du wissen, um was es geht." „Ok. Hat das was damit zu tun, dass ihr alle eine knallenge körperbetonte Jeans und eine weiße Bluse tragt? Habt ihr euch abgesprochen?" Er erntet nur ein Nicken. „Mädels, wir sollten Sven echt zeigen, um was es dabei geht." Die drei werfen sich einen geheimnisvollen Blick zu. Sie entledigen sich ihrer Stöckelschuhe und holen ein paar Seile aus ihren Taschen. „Könnt ihr mir verraten, was ihr da ausheckt?" „Selbstverständlich nicht. Lass dich überraschen." Xenia setzt sich neben Sven. Yoana und Wanda stehen auf und gehen aufeinander zu. Sie beginnen, sich zu küssen. Dabei versuchen sie, sich zu umarmen und gegenseitig zu streicheln. Das funktioniert nicht gut. Also vertiefen sie ihre Küsse. Immer heißer werden diese und auch die Zunge kommt zum Einsatz. Sven gefällt das schon ganz gut

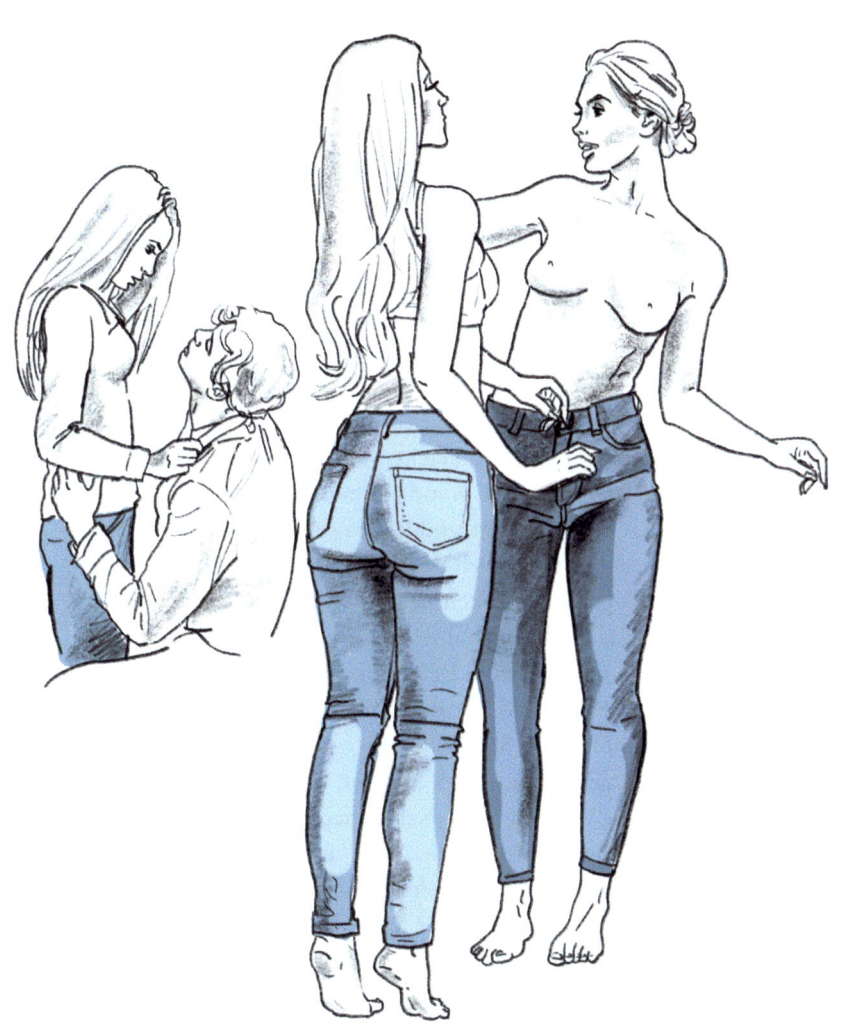

und er feuert sie an, sich nun auszuziehen. Dieser Wunsch wird unverzüglich in die Tat umgesetzt. Die beiden unterbrechen das Küssen und knöpfen sich gegenseitig die Blusen auf und helfen sich, diese auszuziehen. Darunter kommen BHs zum Vorschein, welche sie auch schnell ausziehen. Zur Hose kommen sie jedoch noch nicht, da sie anfangen, gegenseitig ihre Brüste zu liebkosen. Xenia schaut ihnen zu und würde nun auch gerne aktiv werden. Sven achtet gerade nicht auf Xenia, da er voll konzentriert auf Yoana und Wanda ist. Demzufolge knöpft Xenia ihm unbemerkt sein Hemd und seine Hose auf. Noch immer ist Sven mit seiner Aufmerksamkeit bei Yoana und Wanda.

„Los, ihr beiden. Jetzt solltet ihr dazu übergehen, euch gegenseitig die Muschi zu lecken." In dem Moment bemerkt er, wie Xenia damit beginnt, seinen Penis zu lecken. Er zuckt kurz zusammen. Mit einem Blick zu Xenia gibt er ihr zu verstehen, dass er dies total geil findet. Sie macht weiter und beginnt, ihm einen zu blasen. Yoana und Wanda haben sich inzwischen ihrer restlichen Sachen entledigt und liegen sich gegenüber auf dem Sofa. Das hat sich Sven nach dem letzten Schreibtischabenteuer besorgt. Gegenseitig lecken sie sich die Schamlippen und den Kitzler. Dann kommen auch ihre Finger zum Einsatz. Diese streicheln die andere über deren Brüste und werden auch in die Vagina gesteckt. Sven wird alleine vom Zuschauen so erregt, dass Xenia mit ihm leichtes Spiel hat. Abwechselnd macht sie es ihm mit der Hand oder dem Mund. „Weiter, Xenia. Nicht aufhören. Mach so weiter", haucht Sven. Xenia macht natürlich weiter und erhöht sogar noch die Intensität. Sven verliert Yoana und Wanda aus dem Blick und widmet sich jetzt vollständig Xenia. Diese besorgt es ihm ordentlich. Er legt eine Hand auf ihren Kopf und streichelt sie. Er wird total wahnsinnig von dem, was Xenia mit ihm treibt. Schneller und schneller reibt sie seinen Penis. Und kurz vor seinem Höhepunkt hält Sven ihren Kopf fest und kommt in ihren Mund. Als sein Orgasmus vorüber ist, lässt er ihren Kopf wieder los. Xenia lässt den Penis aus ihrem Mund. Dann rinnt das komplette Sperma heraus und über Svens Penis.

„Geil, Xenia. Das war wirklich geil." „Das freut mich." Drüben auf dem Sofa sind die anderen beiden immer noch dabei, sich zu verwöhnen. Sobald sie bemerken, dass Sven seinen Höhepunkt hatte, hören sie auf.

Xenia lässt sich nun von Wanda fesseln. Sie legt sich auf den Rücken und nimmt ihre Füße hinter den Kopf. Danach greift sie mit ihren Händen um die Oberschenkel herum, um sich an ihren Rücken zu fassen. Das sieht ein wenig akrobatisch aus, aber Xenia schafft das. Und dann werden auch ihre Hände so fixiert. Damit ist sie mehr oder weniger bewegungsunfähig. Dann zieht Wanda ihren Strapon an, Wanda kniet sich zu Xenia und küsst sie. Zunächst auf den Mund und dann über ihre Brüste zu ihrer Vagina. Sie leckt diese und fährt mit einem Finger hinein. Xenia ist schon schön feucht und erregt. Das ist gut. So kann Wanda langsam in sie eindringen. Sven steht mit Yoana vor dem Sofa und beobachtet alles aufmerksam. Yoana findet diesen Anblick auch recht prickelnd. Sie legt ihre Hand auf Svens Po und greift ein paar Mal kräftig zu, während Sven beim Beobachten von Wanda und Xenia auf Touren kommt. Wanda treibt es mal wilder und mal ruhiger mit Xenia. Sven stellt sich hinter Yoana. Sie greift nach seinem Penis und er nach ihren Brüsten. Diese hält er sanft in seinen Händen und streicht langsam darüber. Yoana hingegen rubbelt seinen Penis und verhilft ihm dazu, in sie einzudringen. Kaum ist er drin, stößt Sven zu. Kurze, aber heftige Stöße. Das Tempo variierend. Yoana spielt nun selber mit ihren Brüsten, während Sven sie von hinten nimmt. „Komm, stell ein Bein auf das Sofa", befiehlt er in sanftem Ton. Sie tut das und er stößt schneller. Dann holt er seinen Penis heraus und lässt ihn ganz langsam in ihren Po eindringen. Yoana scheint dies zu genießen, da sie mit leisem Stöhnen beginnt. Sven ist nun so mit Yoana beschäftigt, dass er Wanda und Xenia gar nicht mehr im Blick hat. Nur Yoana lässt sich von den beiden weiter anheizen, während Sven sie immer weiter durchvögelt. „Schneller, Sven! Fester! Nicht aufhören!", stöhnt sie. Sven denkt auch gar nicht daran aufzuhören. Er kommt gerade so richtig in Fahrt. Abwechselnd nimmt er sie nun anal und vaginal. Dieses Spiel ist so intensiv für ihn, dass er alles um sich herum vergisst. Yoana ist aber auch schon voll auf Touren. Sie beobachtet Xenia und Wanda, spielt mit ihren Brüsten, fingert in ihrer Vagina und stöhnt vor Lust, wenn Sven zustößt. „Du machst mich völlig wahnsinnig." „Du mich auch, Yoana." Schneller und schneller stößt Sven zu. Dann wechselt er wieder zu anal und treibt nun alles voran, um dort zu kommen. Yoana greift an ihrer Vagina vorbei zu seinen Eiern und knetet diese so richtig durch. Das befeuert Sven noch mehr und er kann sich gar nicht mehr halten. Sein Orgasmus ist zum Greifen nahe und als Yoana an seinem Hoden zieht, passiert es. Er kommt. Yoana fingert noch ein wenig an sich und kommt dann auch kurz darauf. Wanda hat Xenia offenbar auch so weit, weil diese nun auch vor Lust stöhnt. Sven küsst Yoana am Hals und schaut dann wieder zu Wanda hinüber. Diese hat wohl auch ihr Tempo erhöht und man kann so richtig sehen, wie Xenia jetzt ihren Höhepunkt hat. „Schön, Wanda. Xenia hat es auch geschafft. Dann kannst du auch aufhören. Jetzt würde ich nämlich gerne mal etwas vorschlagen."

„Ich hätte gerne, dass Xenia so gefesselt bleibt. Yoana möchte ich gerne in der Hündchen-Position darüber fesseln." Die beiden akzeptieren das und Sven fesselt Yoana. „Und nun verwöhnt euch bitte mit der Zunge." Xenia und Yoana beginnen, sich zu lecken und zu liebkosen. Da beide keine Hände frei haben, geht dies wirklich nur mit Mund und Zunge. Sven schaut den beiden begeistert zu und spürt, wie es ihn anmacht. „So, Wanda. Nun würde ich dich gerne genauso fesseln wie Xenia." „Ok. Dann mach das." Kurz darauf ist Wanda auch gefesselt und Sven platziert sie so auf dem Sofa, dass sie Po an Po mit Xenia liegt. Jetzt kann Yoana beide lecken. Sven findet dieses Bild voll geil und beginnt an seinem Penis zu spielen. Er kniet sich zu Wanda und steckt ihr seinen Penis in den Mund. Nebenbei knetet er ihre Brüste. „Das ist so geil", hört man Sven von sich geben. Er wechselt nun. Er stellt sich hinter Yoana und nimmt sie sportlich von hinten. Abwechselnd vaginal und anal. Sein Tempo variiert er zwischen langsam und schnell. Er stößt fest zu und dann auch wieder sanft. Dass alle drei Damen so gefesselt vor ihm liegen, erregt ihn außerordentlich. Zwischendurch lässt er Xenia an seinem Penis lecken oder steckt ihn ihr in den Mund. „Boa. Ich liebe das so sehr." Und weiter geht es für Sven. Jetzt will er noch eine andere Stellung ausprobieren. Er steckt seine Penis in Xenias Vagina. Vorsichtig stößt er zu. Yoana kann nebenbei seine Brustwarzen lecken. Seine Eier klopfen bei seinen Bewegungen immer wieder auf die Vagina von Wanda. Diese stöhnt dabei leicht und scheint davon angetan zu sein. Sven hört abrupt auf. Er spreizt mit seinen Fingern Wandas Schamlippen etwas auseinander und lässt seinen Hoden in sie hineingleiten. Dann lässt er die Schamlippen los. „Oh, ist das geil. Dieses Gefühl ist total irre", hört man ihn. Dann drückt er seinen Penis nach unten und versucht, ihn wieder in Xenias Vagina hineinzustecken. Langsam und ohne dass seine Eier wieder aus Wanda herausflutschen, gelingt ihm das. Jetzt geht es bei Sven so richtig ab. Von diesem geilen Gefühl angespornt, legt er los und steigert sein Tempo auf Maximum. Er stößt und stößt und kommt so in Fahrt, dass der nächste Orgasmus schon zum Greifen nahe ist. Er hört hinter sich Wanda und vor sich Xenia lustvoll stöhnen. „Sven, du bist verrückt. Ich komm gleich", haucht Wanda voller Entzücken. „Ich auch, Sven. Mach weiter und hör nicht auf", hört er Xenia quieken. „Ich will auch", gibt Yoana leicht enttäuscht von sich. „Los Xenia, leck mich weiter. Steck deine Zunge so richtig tief rein." Da geht nun überall so richtig die Post ab. Sven kommt in Xenia. Aber er stößt weiter zu und kurz darauf kommen Xenia und Wanda fast gleichzeitig. Yoana ist die Einzige, bei der es noch etwas dauert. Sven merkt aber, dass es nicht mehr so lange dauern kann. Er lässt von Wanda und Xenia ab, kniet sich hinter Yoana und fährt mit einem kräftigen Stoß in sie hinein. Dabei stöhnt sie lustvoll auf. Schneller und schneller besorgt er es ihr und kurz darauf erreicht auch sie ihren Höhepunkt. Völlig fertig sinkt Sven auf das Sofa. Er verschnauft kurz und befreit dann alle drei Damen von ihren Fesseln. Kaum losgebunden, werfen sie sich alle an Svens Hals. „Das war totaler Wahnsinn!" „Unglaublich intensiv!" „Echt verrückt aber geil!", plappern sie alle durcheinander. Sven grinst nur zufrieden in sich hinein und nimmt sie alle in den Arm. Dann bekommt jede einen Kuss.

„So, Sven", ergreift nun Wanda wieder das Wort. „Jetzt weißt du, wie geil Bondage-Spiele sein können. Und dafür brauchen wir ein überaus geniale Umsetzung für unsere Homepage." „Oh ja. Jetzt weiß ich es. Dann gebt mir ein paar Tage Zeit und ich werde euch etwas zaubern, was euch sicherlich begeistern wird." Nach und nach ziehen sich alle wieder an. Sven bietet jeder noch einen Espresso an. Ein paar Minuten später sitzen sie, diesen genüsslich trinkend, um seinen Schreibtisch herum und lassen das Treffen noch etwas ausklingen. Bis es dann schließlich so weit ist, dass Wanda, Xenia und Yoana gehen. Als Sven dann später auch nach Hause geht, ist er immer noch von diesem sexuellen Abenteuer total begeistert und grinst freudig in sich hinein.

ZORA

Nachdem Sven nun knapp zwei Jahre lang viele Abenteuer mit verschiedensten Frauen erlebt hat, träumt er wieder einmal von einer festen Beziehung. Zugegeben. All die schönen Erlebnisse waren total super. Aber Sven würde gerne die eine Frau finden, die nicht nur solche sexuellen Abenteuer mit ihm erleben möchte. Nein. Er möchte gerne mit dieser Frau gemeinsam sein Leben verbringen. Leider hat Sven keinen Plan, wie und wo er diese Frau kennenlernen könnte. Es bleibt ihm vorerst keine andere Wahl, als sein Leben so weiterzuleben und auf einen glücklichen Zufall zu hoffen. An einem Samstag geht er wie üblich in den Supermarkt. Dort kauft er wie gewöhnlich für die folgende Woche ein. In Gedanken versunken, fährt er mit seinem Einkaufswagen gegen einen anderen. Er schrickt auf und sieht eine wunderschöne brünette Frau vor sich stehen. „Oh … äh … Entschuldigung." „Kein Problem. Ist ja zum Glück nichts weiter passiert. Wenn wir schon so nett zusammenrumpeln. Könntest du mir sagen, wo ich die Spaghetti finde?" „Aber sicher. Komm einfach mit." Sven bringt sie zu der richtigen Regalreihe. „Ach, übrigens. Ich bin Sven." „Angenehm. Ich heiße Zora." „Seltener Name. Aber gefällt mir." Zora lächelt verlegen. „Ist dir vorhin auch nichts passiert?" „Nein alles gut. Bin nur ein wenig erschrocken." „Darf ich dich zur Entschuldigung heute Abend zum Essen einladen?" „Oh. Das ist sehr nett von dir." Sie holt ihr Handy heraus und schaut in den Kalender. „Du hast Glück. Heute hab ich noch nichts vor." „Super." Sven verabredet sich mit Zora auf 18 Uhr.

Zora klingelt zur vereinbarten Zeit bei Sven. Als er die Wohnungstüre öffnet und er Zora sieht, macht er einen höchst erfreuten Gesichtsausdruck. Er hilft ihr aus ihrem Mantel und sie steht in einem eleganten Abendkleid vor ihm. „Wunderschön. Du siehst wunderschön aus. Und das passt auch wunderbar zu meinem blauen Anzug. Herrlich." Zora lächelt und bedankt sich.

Er bietet ihr einen Limoncello als Aperitif an und dann stoßen beide auf den glücklichen Zufall von heute Vormittag an. Anschließend entledigt sich Sven seines Jacketts und zieht sich seine Kochjacke an. Er bittet Zora, ihm in der Küche Gesellschaft zu leisten, während er das Abendessen vorbereitet. Er hat alles für Geschnetzeltes mit Pommes und einem kleinen Salatteller vorbereitet. Zora ist begeistert und ist gerne bereit, ihn zu unterhalten, während er kocht. Als sie sieht, dass die Pommes selber gemacht werden, bietet sie ihm ihre Hilfe an, was er gerne annimmt. Gemeinsam bereiten sie alles zu. Während das Geschnetzelte gart und die Pommes in der Fritteuse sind, wird der Salat vorbereitet. Dann zeigt Sven Zora den bereits hergerichteten Esstisch. „Da hast du dir aber richtig Mühe gegeben. Sieht echt toll aus", gibt sie von sich. „Dankeschön. Es soll ja auch eine kleine Entschuldigungsfeier sein."

Nach einer Weile ist alles fertig und Sven tischt auf. Zur Unterhaltung legt er Musik auf. „Dann lass es dir schmecken." „Danke." Genüsslich sitzen beide am Tisch und stoßen mit einem Glas Wein an. Nebenbei führen sie eine angeregte Unterhaltung. Nach dem Essen räumt Sven den Tisch ab und stellt etwas Gebäck, quasi als eine Art Nachspeise, darauf. Dann setzt er sich wieder Zora gegenüber. Kaum hat er Platz genommen, spürt er, wie Zoras Zehen sich seinem Intimbereich nähern. „Ich habe mich gefragt, wie ich mich für das tolle Abendessen erkenntlich zeigen kann. Und da ist mir eine Idee gekommen." Sven schaut Zora fragend an. Während eine kleine Gesprächspause entsteht, stimulieren Zoras Zehen weiter Svens Penis durch die Hose. Dieser hat auch schon an Größe zugelegt. „Ich würde für dich strippen." „Echt jetzt? Das wäre toll!" „Lass dich mal überraschen. Ich mache das nicht ganz so klassisch, wie du vielleicht denkst." „Ok. Ich bin ganz gespannt."

Zora steht auf und sucht sich ein schönes freies Plätzchen im Raum. Dann beginnt sie, sich nach der noch laufenden Musik zu bewegen. Langsam hebt sie ein Bein und entledigt sich genüsslich des ersten Strumpfes. Gleiches macht sie mit dem anderen Bein. Und weiter geht das Tänzchen. Hier mal etwas geblinzelt und dort mal gedreht und ehe sich Sven versieht, hält Zora ihr Höschen in der Hand. Sven applaudiert. Schon geht es weiter im Takt zur Musik. Zora ist nun bei einem etwas schwierigeren Part, denn der BH ist nicht ganz so einfach auszuziehen, während sie das Kleid noch anhat. Doch sie meistert dies vorzüglich. Dann holt sie Sven auf die Tanzfläche. Dieser steigt sofort mit ein und sie bewegen sich gemeinsam zur Musik über die Tanzfläche. Svens Hände gleiten über das Abendkleid und er spürt ihre Nacktheit darunter. Das törnt ihn voll an. Zora genießt dies auch. Sven ist voll bei der Sache und lässt sich von Zora küssen. Kurz darauf verliert er Jackett, Fliege, Hemd usw., bis er schließlich nur noch im Adamskostüm vor Zora steht. Sie gleitet mit ihren Händen über seinen Körper und hört erst auf damit, als sie bei seinem Penis angekommen ist. Diesen massiert sie ein wenig, geht dann in die Hocke und beginnt, ihn zu lecken und in ihrem Mund verschwinden zu lassen. Sven ist vollkommen entzückt und genießt Zoras Liebesspiel in vollen Zügen.

Zora steht auf und legt ein Bein um Svens Hüften. Dann animiert sie ihn, in sie einzudringen. Da lässt er sich nicht lange bitten und erfüllt diesen Wunsch äußerst gerne. Während sie auf diese Weise Sex haben, ertastet Sven den Reißverschluss des Kleides. Er öffnet dieses genau so weit, dass Zora ihren Oberkörper und ihre tollen, weichen Brüste entblößen kann. Sven beginnt, mit einer Hand eine Brust nach der anderen zu streicheln und zu drücken. Er küsst Zora vom Mund bis zu den Brüsten und spielt mit seiner Zunge an ihren Brustwarzen. Zeitgleich stößt er in wechselnden Rhythmen seinen Penis in ihre Vagina. Sie haben tollen, wilden und hemmungslosen Sex.

Nach einer Weile unterbrechen sie jedoch ihr Liebesspiel. Sven hilft Zora, den Reißverschluss des Kleides komplett zu öffnen und sie lässt es einfach nach unten gleiten. Dann schiebt sie Sven zielstrebig in Richtung Sofa. Kaum liegt Sven darauf, setzt sie sich auf ihn und beginnt seinen Penis zu reiten. Dabei bewegen sich ihre Brüste auf aufregende Weise auf und ab. Da muss Sven einfach zugreifen. Zora beugt sich zu ihm hinunter und beginnt, ihn zärtlich zu küssen. Ihre Hände streichen durch seine

Haare zu seinen Ohren. Mit jenen spielt sie ein wenig, bevor sie ihre Finger weiter über sein Gesicht bis zu seinem Oberkörper streifen lässt. Beide bewegen sich unaufhörlich einem Höhepunkt entgegen. „Warte noch, Zora. Lass uns den Orgasmus ein wenig nach hinten schieben. Ich hätte da noch eine verrückte Idee." Zora wird langsamer und gibt Sven zu verstehen, dass sie sehr daran interessiert ist, von ihm zu erfahren, was er sich ausgedacht hat. Er flüstert es ihr ins Ohr. Sie denkt kurz nach und ist einverstanden. Sie steigt von ihm ab und legt sich auf den Rücken. Unterdessen verschwindet Sven kurz, um etwas zu holen.

Als er wieder zurückkehrt, hält er ein Bondageseil in der Hand. Zora schaut ihn an und Sven erkennt Vorfreude in ihren Augen. Vorsichtshalber fragt er nochmal bei Zora nach, ob sie auch damit einverstanden ist. Sie nickt ihm zu. Also macht sich Sven daran, ihre Beine zu fesseln. Er bindet die Beine nahe den beiden Fußknöcheln zusammen. Da sein Seil lang genug ist, bindet er noch die großen Zehen zusammen. Dabei ist er immer darauf bedacht, die Fesseln so anzulegen, dass es noch angenehm bleibt. Mit einem zweiten Seil bindet er die Beine an den Knien zusammen. Und fertig. „Ist das so noch angenehm für dich?" „Ja, das passt ganz gut, Sven." „Bitte sag einfach, wenn dich daran etwas stört." „Mach ich. Komm, lass uns loslegen, ich bin schon ein wenig aufgeregt. Das hab ich so noch nie gemacht." Sven lächelt. Er beginnt, Zora zärtlich zu küssen. Dabei beginnt er beim Mund und bewegt sich dann ganz langsam über Hals, Brüste und Bauchnabel in Richtung Intimbereich. Zora liegt auf dem Rücken und versucht, Sven ein wenig zu streicheln. Dieser bemerkt, dass sie etwas aufgeregt ist. Auch ist ihre Vorfreude auf das, was noch kommen wird, deutlich spürbar. Als er bei ihren Schamlippen angekommen ist, werden diese zunächst mit zärtlichen Küssen verwöhnt. Danach leckt er mit seiner Zunge darüber und wandert langsam in Richtung Klitoris. Vorsichtig versucht er, diese zu stimulieren. Zunächst nur mit der Zunge und dann mit leichten, saugenden Bewegungen. Als Sven Zoras intensiver werdende Erregung spüren kann, dringt er mit seinem Penis langsam in sie ein. Seine Bewegungen werden nach und nach schneller und dann wieder langsamer. Dies treibt er so lange, bis Zora nicht mehr anders kann und einen tollen Höhepunkt erlebt. Sven begibt sich nun weiter nach oben und legt seinen Penis zwischen ihre Brüste. Zora hält die Brüste zusammen und er beginnt mit stoßenden Bewegungen. Immer wieder nähert sich seine Eichel Zoras Kopf. Sie senkt diesen und lässt die Eichel über ihre Zunge bis teilweise in den Mund gleiten. Damit hat sie Sven voll erwischt. Seine Bewegungen werden immer schneller und er nähert sich jetzt unaufhörlich seinem Höhepunkt. Schließlich ist auch er so weit und sein Sperma ergießt sich über ihre Brüste. Für dieses tolle Sexspiel und seinen Höhepunkt bedankt er sich mit zärtlichen Küssen.

Nachdem Zora von ihren Fesseln befreit ist, wickeln sich beide Körper an Körper in eine Decke ein. Mit Wein und Keksen lassen sie den Abend bei angeregter Unterhaltung ausklingen. „Ähm. Darf ich dich einladen, hier zu übernachten?" „Ja, darfst du." „Toll."

Bevor sie sich fertig machen, um schlafen zu gehen, hüpfen sie noch unter die Dusche. Splitterfasernackt kuscheln sich beide unter die Bettdecke und schlafen so Haut an Haut ein.

Da Sven beruflich bedingt ein Frühaufsteher ist, wacht er auch an diesem Sonntagmorgen sehr früh auf. Er hat wunderbar geschlafen und liegt immer noch an Zora gekuschelt im Bett. Das Einzige, was ihm nun etwas unangenehm ist, ist, dass er jetzt voll Bock auf eine Runde Morgensex hat, jedoch Zora noch schläft. Er beginnt, ihr behutsam über den tollen Körper zu streichen. Seine Finger berühren ihn nur so sanft wie eine Feder. Jede Stelle von Zoras Figur wird berührt. „Bist du schon munter?" „Entschuldige, Zora. Hab ich dich geweckt?" „Nicht wirklich. Ich bin schon länger wach und hab überlegt, was ich mache, um dich nicht zu wecken." „Toll. Das Gleiche hab ich auch gedacht." „Und? Hast du Lust auf eine schnelle heiße Nummer, Sven? Ich wäre gerade total scharf." „Du musst echt Gedankenlesen können. Ich bin auch total heiß auf dich." So endet dieses kurze Gespräch und beide fallen über einander her. Sie probieren

verschiedene Stellungen aus. Mal liegt Sven auf dem Rücken und dann ist er wieder oben. Mal dringt er hinter ihr kniend in Zora ein und dann wieder anders herum. Die beiden sind so voll in Fahrt, dass es gar nicht lange dauert und sie gleichzeitig zu ihrem Höhepunkt gelangen. „Du bist echt der Wahnsinn, Zora. Das war die heißeste Nummer, die ich bisher erlebt habe." „Oh, danke. Das kann ich nur erwidern."

Anschließend begeben sich beide ins Badezimmer und erledigen ihre Morgentoilette. Danach frühstücken sie auch noch in aller Ruhe. „Also, wenn du möchtest, Sven, dann komm mich du doch heute Abend besuchen." Da braucht Sven gar nicht lange überlegen. „Sehr gerne."

Zum Abschied drücken sich beide nochmal recht herzlich und freuen sich auf ihr Wiedersehen.

ABSCHLUSS

Wie es bei Sven weitergeht, kann man wohl erahnen. Ob Zora nun seine neue Freundin wird oder nicht, hängt auch ein wenig von Ihrer Phantasie ab. Ich habe da meine Gedanken dazu und Sie?

Unabhängig davon hoffe ich, Ihnen viele Ideen zum Nachmachen gegeben zu haben. Ob man nun auf die verschiedenen sexuellen Phantasien steht oder nicht, ist dabei nicht wichtig. Es geht rein darum, einfach offen und ehrlich zu äußern, was man denn gerne hätte. Welche Phantasie in einem aufflammt oder was man gerne noch so erleben möchte. Und wenn sich beide lieben, wird daraus sicherlich etwas Wunderschönes entstehen.

Ich wünsche Ihnen jedenfalls viel Vergnügen beim Nachmachen.

Abschließend möchte ich mich noch bei meinen Probeleserinnen und für die hilfreichen Anregungen bedanken.

Bewerten
Sie dieses Buch
auf unserer
Homepage!

www.novumverlag.com

EIN HERZ FÜR AUTOREN A HEART FOR AUTHORS À L'ÉCOUTE DES AUTEURS MIA KAPΔIA ΓIA ΣYΓΓΡ
HJÄRTA FÖR FÖRFATTARE UN CORAZÓN POR LOS AUTORES YAZARLARIMIZA GÖNÜL VERELIM SZÍ
CUORE PER AUTORI ET HJERTE FOR FORFATTERE EEN HART VOOR SCHRIJVERS TEMOS OS AUTO
HERZÖINKÉRT SERCE DLA AUTORÓW EIN HERZ FÜR AUTOREN A HEART FOR AUTHORS À L'ÉCOU
CORAÇÃO BCEЙ ДУШОЙ К АВТОРАМ ETT HJÄRTA FÖR FÖRFATTARE Á LA ESCUCHA DE LOS AUTOF
AUTEURS MIA KAPΔIA ΓIA ΣYΓΓΡAΦEIΣ UN CUORE PER AUTORI ET HJERTE FOR FORFATTERE EEN I
YAZARLARIMIZ GÖNÜL VERE HERZÖINKÉRT SERCE DLA AUTORÓW EIN HERZ FÜF
VOOR SCHRIJVERS TEMOS OS A CORAÇÃO BCEЙ ДУШОЙ К АВТОРАМ ETT HJÄRTA FÖF

Der Autor

Marc-Anton Braun wurde 1974 im Landkreis
Rosenheim geboren. Mithilfe seiner Fantasie und
Vorstellungskraft hat er sich nun auf das Gebiet
der Erotik gewagt. In seiner Welt unterstützt die
Erotik die Zärtlichkeit und Liebe zwischen zwei
Menschen.